文春文庫

介錯人

新・秋山久蔵御用控（十五）

藤井邦夫

JN019356

文藝春秋

目次

おもな登場人物

秋山久蔵　南町奉行所吟味方与力。〝剃刀久蔵〟と称され、悪人たちに恐れられている。心形刀流の遣い手。普段は温和な人物だが、悪党に対しては情け無用の冷酷さを秘めている。

神崎和馬　南町奉行所定町廻り同心。久蔵の部下。

香織　久蔵の後添え。亡き先妻・雪乃の腹違いの妹。

大助　久蔵の嫡男。元服前で学問所に通う。

小春　久蔵の長女。

与平　親の代からの秋山家の奉公人。女房のお福を亡くし、いまは隠居。

太市　秋山家の奉公人。おふみを嫁にもらう。

おふみ　秋山家の女中。ある事件に巻き込まれた後、秋山家に奉公するようになる。

幸吉　〝柳橋の親分〟と呼ばれた弥平次の跡を継ぎ、久蔵から手札をもらう岡っ引。

お糸　隠居した弥平次の養女で、幸吉を婿に迎えて船宿『笹舟』の女将となった。息子は平次。

弥平次　女房のおまきとともに、向島の隠居家に暮らす。

勇次　元船頭の下っ引。

雲海坊　幸吉の古くからの朋輩で、手先として働く托鉢坊主。ほかの仲間に、しゃぼん玉売りの由松、蕎麦職人見習いの清吉、風車売りの新八がいる。

長八　弥平次のかつての手先。いまは蕎麦屋『藪十』を営む。

この作品は「文春文庫」のために書き下ろされたものです。

介錯人

新・秋山久蔵御用控（十五）

第一話
強請者

一

戌《いぬ》の刻《こく》五つ（午後八時）。

降り出した雨は、神田川《かんだがわ》の流れに幾つもの波紋を重ねていた。

神田川の北岸、神田佐久間町《さくまちよう》一丁目にある仏具屋『念珠堂《ねんじゆどう》』の看板や閉められた大戸も雨に濡れていた。

「じゃあ、おようさん、気を付けて……」

番傘を差した年増は、見送る声に送られて勝手口に続く路地から出て来た。

おようと呼ばれた年増は、『念珠堂』の屋号の書かれた番傘に雨の音を鳴らし、神田川に架かる和泉橋《いずみばし》の方に向かった。

年増のおようは、仏具屋『念珠堂』の通いの女中であり、佐久間町二丁目の裏通りにある小さな家で暮らしていた。

おようは、番傘を差し、雨の中を和泉橋の向こうにある佐久間町二丁目の家に急いだ。

そして、和泉橋の北詰を通り抜けようとした。

刹那《せつな》、神田川に架かっている和泉橋の南詰から男の絶叫が上がった。

おようは思わず立ち止まり、傍の家並の路地の暗がりに入った。

若い侍が和泉橋を駆け渡って来て、引き攣《つ》った顔で辺りを見廻した。

おようは、若い侍の引き攣った顔を見て思わず息を飲んだ。

若い侍は、辺りに誰もいないと見定め、御徒町《おかちまち》の通りに走り去った。

おようは、呆然とした面持ちで見送った。

和泉橋の南岸の柳原《やなぎわら》通りから呼子笛《よびこぶえ》の音が鳴り響き始めた。

おようは、我に返ったように路地を出て和泉橋の北詰を小走りに進んだ。

番傘に鳴る雨の音は遠ざかり、幾つもの呼子笛の音が近付いて来た。

明け方、雨はあがった。

南町奉行所定町廻《じょうまちまわ》り同心の神崎和馬《かんざきかずま》は、迎えに来た下っ引の勇次《ゆうじ》と共に柳原通りの和泉橋の南詰に急いだ。

柳原通りは神田川沿いにあり、神田八つ小路と両国広小路《りょうごくひろこうじ》を結んでいる。

和泉橋の南詰の柳の木は、雨に濡れた枝葉を日差しに煌《きら》めかせていた。

岡っ引の柳橋《やなぎばし》の幸吉《こうきち》は、自身番《じしんばん》の者や木戸番《きどばん》と和泉橋の袂《たもと》の筵《むしろ》を掛けた死体の傍にいた。

「親分、和馬の旦那です……」

勇次は告げた。

「お早うございます」

幸吉は、死体の傍から立ち上がって和馬を迎えた。

「おう、御苦労さん。柳橋の、早速だが、仏さんを見せて貰《もら》おうか……」

和馬は幸吉に声を掛け、筵を掛けられた死体の傍にしゃがみ込んだ。

「はい……」

幸吉は、死体に掛かっている筵を捲《めく》った。

若い侍の眼《む》を剝いた歪《ゆが》んだ顔が現れた。

和馬は手を合わせ、死んでいる若い侍の身体を検《あらた》めた。

雨に濡れた身体には、幾つかの刀傷に混じって袈裟懸《けさが》けの一太刀《たち》があった。

和馬は眉をひそめた。

「袈裟懸けの一太刀が命取りですかね」

幸吉は読んだ。

「きっとな。で、仏さんの刀はあるか……」

「はい。仏さんの傍に落ちていました」

幸吉は、抜き身を差し出した。

和馬は、刀を受け取って見た。

「酷《ひど》いな……」

和馬は苦笑した。

「和馬の旦那……」

「うん。刀は余り手入れをされちゃあいない。ま、仏は満足に刀も扱えず、殺《や》った奴は斬り合いに慣れていないって処だな」

和馬は読んだ。

「そうですか……」

幸吉は頷《うなず》いた。

「して、柳橋の。仏の身許《みもと》は分かったのか……」

「いえ。未だ……」

「そうか。ま、歳の頃は十八、九。形《なり》から見て旗本御家人の倅《せがれ》って処かな」

和馬は睨《にら》んだ。

「ええ……」

幸吉は再び頷いた。

「親分、神崎の旦那……」

手先の清吉《せいきち》が、初老の下男風の男を連れて来た。

「おう。どうした……」

「はい。此方《こちら》が、仏さんは奉公しているお屋敷の若さまかも知れないと……」

清吉は、和馬たちに老下男を引き合わせた。

「よし。父っつあん、仏の顔を拝んでやってくれ。勇次……」

和馬は命じた。

「はい。じゃあ……」

勇次は、死体の傍にしゃがんで筵を捲った。

老下男は、死体の顔を覗《のぞ》き込んだ。

「し、新三郎《しんざぶろう》さま……」

老下男は驚き、呆然とした面持ちで死体の顔を見詰めた。

「新三郎だと……」

和馬は眉をひそめた。

「は、はい……」

老下男は、強張《こわば》った面持ちで頷いた。

「何処《どこ》の何てお屋敷の新三郎さまなのかな」

幸吉は、穏やかに訊いた。

「はい。三味線堀《しゃみせんぼり》にお屋敷のあるお旗本の梶原内膳《かじわらないぜん》さまの御三男、新三郎さまにございます……」

老下男は、声を震わせた。

「三味線堀に住む旗本の倅、梶原新三郎か……」

和馬は、老下男に念を押した。

「はい……」

老下男は頷いた。

死体の若い侍の身許は分かった。

「父っつあん、名前は……」

幸吉は尋《たず》ねた。

「はい。梅吉《うめきち》と申します」

「梅吉さんか。梅吉さん、新三郎さま、昨日はどうしていたのかな」

「それが、新三郎さま、昨日の昼、お出掛けになったままでして……」

老下男の梅吉は、躊躇《ためら》いがちに告げた。

「昨日の昼に出掛け、昨夜、此処《ここ》で斬り殺されたか……」

幸吉は眉をひそめた。

「梅吉、新三郎さん、どんな人柄かな」

和馬は訊いた。

「それはもう、真面目でお優しい方で、私たち奉公人にも気軽に声を掛けてくれて……」

「そうか。して、新三郎さん、誰かに恨まれていたって事は……」

「恨まれるなんて、なかったと思いますが……」

梅吉は困惑した。

「ならば、新三郎さんの友を知っているか……」

「一人か、二人は……」

「何処の誰だ」

「下谷練塀小路《したやねりべいこうじ》の御家人の香川喬之助《かがわきょうのすけ》さまと浪人の高村慎吾《たかむらしんご》さんです……」

梅吉は告げた。

「下谷練塀小路の香川喬之助と浪人の高村慎吾だと……」

和馬は眉をひそめた。

「は、はい。高村慎吾さんは御家人の息子さんでしたが、お父上さまがお役目をしくじり、家がお取り潰しになって浪人に……」

「新三郎さんとどんな拘《かかわ》りなんだい」

「小さな頃から遊んでいた幼馴染《おさななじみ》です」

「幼馴染の遊び人か……」

「はい……」

「で、高村慎吾の住まいは……」

「さあ。家は知りませんが、神田明神《みょうじん》や湯島天神《ゆしまてんじん》辺りでうろうろしているとか……」

梅吉は、再び躊躇いがちに告げた。

「そうか……」

「はい。あの、お役人さま、新三郎さま……」

梅吉は、筵を掛けられている新三郎の死体を哀し気に見た。

「うむ。屋敷に運ぶ手配りをしてやりな」

和馬は、自身番の者たちに命じた。

自身番の者たちは、返事をして動き始めた。

「親分、神崎の旦那……」

手先の新八《しんぱち》が、駆け寄って来た。

「どうした、新八……」

幸吉は迎えた。

「はい。昨夜、呼子笛が鳴り始めたので和泉橋の方を眺めた人がいましてね。その人が番傘を差した女が和泉橋の北詰を小走りに立ち去って行くのを見ていました」

新八は報《しら》せた。

「番傘を差した女……」

幸吉は眉をひそめた。

「はい。番傘には何とか堂の堂の字が書かれていたそうです……」

「堂の字か、店の屋号かな……」

幸吉は首を捻《ひね》った。

「きっと。で、ひょっとしたら、番傘を差した女、殺しを見ているかもしれません」

新八は読んだ。

「よし。俺は下谷練塀小路の香川喬之助に当たってみる」

和馬は告げた。

殺された梶原新三郎が恨まれていたかどうかは、身内の者より友の方が良く知っている筈《はず》だ。

「はい、勇次、旦那のお供をな……」

「心得ました」

「じゃあ、あっしは浪人の高村慎吾を探します。清吉、一緒に来な」

「はい……」

清吉は頷いた。

「新八、お前は何とか堂の番傘の女を探してみな」

幸吉は命じた。

「承知……」

新八は頷いた。

幸吉は手配りを終えた。

新たな事件の探索が始まった。


下谷練塀小路には、赤ん坊の泣き声が響いていた。

和馬は、勇次と一緒に香川屋敷を探した。

香川屋敷は、下谷練塀小路の奥の中御徒町近くにあった。

御家人の香川屋敷は、木戸門を閉めて静けさに覆われていた。

和馬と勇次は、周囲の組屋敷の隠居や奉公人、出入りをしている商人に香川喬之助に就いてそれとなく聞き込みを掛けた。

「香川家の喬之助さまは、学問所や剣術道場に熱心に通っている真面目な方ですよ」

「それに、若いのに奉公人や出入りの商人にきちんと挨拶をしてくれる穏やかな方ですよ」

近所の奉公人や出入りの商人は、口を揃えて香川喬之助を誉めた。

「評判が良いな……」

和馬は、戸惑いを浮かべた。

「ええ。梶原新三郎さんも真面目な人柄だと云《い》っていましたね」

　勇次は頷いた。

「ああ。香川家は百五十石取りの御家人で主の宗兵衛《そうべえ》が既に亡くなっており、喬之助は母親の菊乃《きくの》と二人暮らしだそうだ」

　和馬は、孫の子守をしていた隠居から聞いて来ていた。

「母子の間はどうなんですかね」

「隠居の話じゃあ、菊乃は五十歳前後で喬之助は十八歳。菊乃は遅くにできた子の喬之助を可愛がり、喬之助も菊乃を大切にしている仲の良い母子だそうだ」

　和馬は告げた。

「そうですか……」

「よし、香川喬之助に逢ってみるか……」

「ええ……」

　和馬と勇次は、香川屋敷に向かった。


　香川菊乃は、和馬と勇次を座敷に通した。

喬之助は、緊張した面持ちで現れた。

「やあ、不意に申し訳ない。私は南町奉行所定町廻り同心神崎和馬。こっちは勇次……」

和馬は、己の名と素性を告げて勇次を引き合わせた。

「香川喬之助ですが、何か……」

喬之助は、和馬を見詰めた。

「梶原新三郎さんを知っているね」

「ええ。新三郎が何か……」

「昨夜、和泉橋の袂で斬り殺されてね」

和馬は、喬之助を見据えて告げた。

「新三郎が斬り殺された……」

喬之助は驚き、声を引き攣らせた。

「ええ。で、何か心当たりはないかと思いましてね。昨日は一緒でしたか……」

「はい。日暮れ迄一緒でした……」

「日暮れ迄……」

「はい。新三郎、暮六つ（午後六時）に人と逢う約束があると云い、別れました」

喬之助の声は、微かに震えていた。

「逢う約束のある人とは……」

「知りません」

「ならば、別れたのは、何処ですか……」

「神田明神の境内《けいだい》です」

「で、喬之助さんはどうしました……」

「家に帰って来ました。丁度、暮六つぐらいでしたか。母に聞いて貰えば分かります」

喬之助は、和馬を見詰めた。

「いや。それには及ばぬが。梶原新三郎、誰に斬られたか、心当たりはないかな」

「あ、ありません」

「ならば、恨みを買っているような事は……」

「知りません……」

喬之助は、強張った声を震わせた。

「そうですか。いや、お邪魔をしましたな」

和馬は、笑顔で礼を云った。

神田明神、湯島天神……。

幸吉と清吉は、近くの盛り場に浪人の高村慎吾と、高村を知っている者を捜した。

湯島天神の境内は、参拝客で賑《にぎ》わっていた。

幸吉と清吉は、境内の茶店に立ち寄った。

「こりゃあ、柳橋の親分さん……」

茶店の老亭主は、縁台に腰掛けた幸吉と清吉を迎えた。

「やあ。親父さん、茶を貰おうか……」

「はい。只今……」

老亭主は、返事をして茶汲場に入った。

顔見知りの遊び人から高村慎吾を辿《たど》る……。

幸吉と清吉は、境内を行き交う参拝客の中に顔見知りの遊び人を捜した。顔見知りの遊び人は見付からなかった。

「お待ちどおさま……」

老亭主は、幸吉と清吉に茶を持って来た。

「おう。処で親父さん、高村慎吾って浪人を知っているかな」

幸吉は、茶を飲みながら尋ねた。

「浪人の高村慎吾ですか……」

老亭主は眉をひそめた。

「ええ。知っていますか……」

清吉は訊いた。

「知っているけど、今日は未だ顔を見ちゃあいないな」

老亭主は、境内を見廻した。

「知っているのかい……」

「ああ。背の高い腕自慢の浪人で、博奕打《ばくち》ちや遊び人と連《つる》んでいるよ」

老亭主は、迷惑そうに吐き棄てた。

「背の高い腕自慢の浪人か……」

幸吉と清吉は、浪人の高村慎吾を捜す僅《わず》かな手掛かりを摑んだ。

湯島天神の境内は賑わった。

何とか堂の番傘……。

新八は、神田佐久間町一丁目に〝何とか堂〟を探した。

「何とか堂ねえ……」

佐久間町の木戸番は、戸惑いを浮かべた。

「ええ。此の界隈《かいわい》にある筈なんだけど……」

新八は、神田川沿いに続く佐久間町一丁目の街並みを眺めた。

「何とか堂か。狸堂に河童堂、あっ、そうだ、念珠堂だ」

木戸番は思い出した。

「念珠堂……」

「ああ。仏具屋の念珠堂だよ」

木戸番は笑った。

「仏具屋の念珠堂……」

「ああ。此の先にあるよ」

木戸番は一方を指差した。

「忝《かたじけ》ねえ……」

新八は、礼もそこそこに木戸番の指差した方に駆け出した。

仏具屋『念珠堂』は老舗《しにせ》だった。

新八は、仏具屋『念珠堂』を訪れ、店先にいた手代に自分が岡っ引の柳橋の幸吉の身内の者だと告げた。

手代は、岡っ引の柳橋の幸吉の名を知っており、お上の御用だと気が付いた。

「で、何か……」

手代は、微かな不安を過《よぎ》らせた。

「ええ……」

新八は、番傘の事を訊いた。

「店の屋号を書いた番傘ですか……」

手代は、戸惑いを浮かべた。

「ええ。あるなら見せてくれないかな」

「は、はい……」

手代は、店から番傘を持って来た。

新八は、番傘を開いた。

番傘には、『念珠堂』と大きく書かれていた。

此れだ……。

新八の勘が囁《ささや》いた。

「昨夜、店の番傘を使った女の人、いますね」

新八は尋ねた。

「さあ。ちょいと訊いて来ます」

手代は、再び店に戻って行った。

『念珠堂』と書かれた文字は大きく、雨の夜でも読める程度だった。

「お待たせしました……」

手代が店から出て来た。

「どうでした……」

「番傘。昨夜、家に帰る通い奉公の女中が使っていました」

「通い奉公の女中……」

「はい。おようさんって人です」

「おようさん……」

新八は知った。

「ええ……」

「おようさん、何処から通っているんですか」

「佐久間町二丁目だと聞いていますが……」

手代は告げた。

佐久間町二丁目なら和泉橋の北詰を通る……。

「ちょいと逢えますか、おようさんに……」

新八は、声を弾ませた。

二

仏具屋『念珠堂』の台所では、数人の女中が忙しく働いていた。

新八は、井戸端から勝手口越しに台所を眺めていた。

年増の女中が、前掛けで濡れた手を拭《ぬぐ》いながら勝手口から出て来た。

通い女中のおようだ……。

新八は睨んだ。

「あの……」

おようは、微かに緊張した面持ちで新八に会釈をした。

「おようさんですね……」

「はい……」

「あっしは、岡っ引の柳橋の幸吉の身内で新八って者ですが、ちょいと訊きたい事がありましてね」

新八は笑い掛けた。

「何でしょうか……」

「昨夜、戌の刻五つ頃、店の番傘を差して佐久間町二丁目の家に帰りましたね」

「はい……」

おようは頷いた。

「その時、柳原通りから男が和泉橋を渡って来ませんでしたか……」

新八は見詰めた。

「和泉橋を渡って……」

おようは眉をひそめた。

「ええ……」

「さあ、何方も和泉橋を渡って来なかったと思いますが……」

おようは、迷いも躊躇いもなく答えた。

「えっ……」

新八は戸惑った。

見た者の話では、呼子笛の音が鳴り響く中を、番傘を差した女が和泉橋の北詰を小走りに通って行った筈だ。

「ですが、和泉橋の北詰を通った時、呼子笛の音が鳴っていましたね」

新八は、およようの言葉の真偽を探った。

「ああ、呼子笛なら私が家に着いた頃、鳴り始めましたよ」

おようは、穏やかに告げた。

「家は何処ですか……」

「佐久間町二丁目にあるお稲荷長屋です」

「お稲荷長屋……」

「ええ……」

「家族は……」

「亭主は亡くなり子供もいなく。一人暮らしですよ」

おようは苦笑した。

「そうですか……」

新八は知った。

おようの言葉を証明する者はいない。

「昨夜、何かあったのですか……」

およう は尋ねた。

「ええ。和泉橋の南詰で旗本の若さまが斬り殺されましてね」

「旗本の若さまが……」

おようは、恐ろしそうに眉をひそめた。

「ええ……」

おようは、旗本の部屋住みの梶原新三郎が殺された事を知らなかった。

嘘はない……。

新八は、おようが和泉橋の南詰で旗本の倅が斬り殺されたのを知らなかったと睨んだ。

おようは、『念珠堂』と書かれた番傘を差して帰ったのは認めたが、殺しに拘る事は何も知らないと告げた。

新八は、おようの言葉に微かな違和感を覚えた。

仏具屋『念珠堂』の通い奉公の女中おようは、屋号入りの番傘を差して帰る途中、和泉橋の北詰で何も見てはいなかった。

新八は、何故かおようの言葉に素直に納得出来なかった。

かと云って、おようが嘘を吐いているようにも思えなかった。

何れにしろ、おようを調べるべきなのかもしれない。

新八は、念の為に『何とか堂』と書かれた番傘が他にもあるか調べる事にした。


南町奉行所の中庭には木洩れ日が揺れた。

和馬は、吟味方与力《ぎんみがたよりき》秋山久蔵《あきやまきゅうぞう》の用部屋を訪れ、事件を報せた。

「三味線堀に屋敷のある八百石取りの旗本梶原内膳の倅の新三郎か……」

「はい。梶原新三郎、刀も満足に手入れをしていない奴で、斬った者は斬り合いに慣れていない奴と見受けられます」

和馬は告げた。

「うむ。して、殺された梶原新三郎、良くいる旗本の放蕩《ほうとう》息子なのか……」

「そいつが、奉公人の話では真面目な人柄だそうでしてね」

「ほう。いつもとは違うようだな」

久蔵は苦笑した。

「はい。今、柳橋のみんなが新三郎と親しく付き合っていた御家人の倅や浪人を捜しているのですが……」

和馬は眉をひそめた。

「何か気になる事でもあるのか……」

久蔵は、和馬を見詰めた。

「は、はい。新三郎の友に御家人の倅がいるのですが、そいつが人柄と云い素行と云い至極真っ当な者でして、そいつが妙に気になります……」

和馬は首を捻った。

「気になるか……」

久蔵は苦笑した。

「はい……」

「ま、人には表の顔と裏の顔があるからな……」

「はい。それで勇次が張り付いています」

「うむ。ま、今の処、梶原内膳、評定所や目付《めつけ》を通じて何も云って来ないが、もし何か云って来た時には、斬った者は町奉行所支配の浪人かもしれぬと、探索を続けるのだな」

久蔵は命じた。

「心得ました」

和馬は頷いた。

「和馬、此の一件、出来るだけ静かにな」

「秋山さま……」

和馬は戸惑った。

「何故かその方が良いような気がする……」

久蔵は笑った。


下谷練塀小路には、棒手振《ぼてふ》りの魚屋が売り声をあげて通り過ぎて行った。

香川屋敷の木戸門が開き、香川喬之助が出て来た。

喬之助は、緊張した面持ちで辺りを見廻して神田川に向かった。

斜向《はすむ》かいの組屋敷の路地から勇次が現れ、喬之助を尾行《つけ》始めた。

何処に行くのか……。

梶原新三郎殺しと拘わりがあるのか……。

勇次は、喬之助を尾行た。

湯島天神の境内は賑わっていた。

「あっ……」

茶店の老亭主は、本殿の方を眺めて短い声をあげた。

「親父さん、高村慎吾か……」

幸吉は訊いた。

「いえ。高村慎吾と連んでいる遊び人の伊吉《いきち》って野郎がいましてね。高村が一緒かと思ったんですが、一人でしたよ……」

老亭主は苦笑した。

「親分……」

清吉は、幸吉の出方を訊いた。

「うん。親父さん、遊び人の伊吉、どいつだ」

「あの、本殿の端にいる半纏《はんてん》を着た背の低い小太りの奴ですぜ」

老亭主は、本殿の前の端にいる背の低い小太りの男を指差した。

「伊吉、どうします」

清吉は、幸吉の指示を待った。

「うん。ちょいと見張ってみる。親父さん、邪魔をしたな」

幸吉と清吉は、本殿の端にいる半纏を着た背の低い小太りの伊吉の方に向かった。

遊び人の伊吉は、本殿の前の端に人待ち顔で佇《たたず》んでいた。

「押さえますか……」

清吉は勇んだ。

「いや。伊吉、高村慎吾と待ち合わせをしているのかもしれない。ちょいと待ってみるぜ」

「はい……」

清吉は頷き、幸吉と一緒に伊吉を見張り始めた。

遊び人の伊吉は、本殿にやって来る者を見ながら誰かを待っていた。

幸吉と清吉は見張った。

神田川には、猪牙舟《ちょきぶね》の櫓《ろ》の軋《きし》みが響いていた。

香川喬之助は、下谷練塀小路から神田川北岸の道を昌平橋《しょうへいばし》に向かった。

勇次は追った。

喬之助は、振り返りもせずに足早に進んでいた。

目的のある足取りだ……。

誰かに逢いに行くのか……。

勇次は読み、喬之助を追った。

喬之助は、仏具屋『念珠堂』の前を通り過ぎた。

勇次は追った。

「勇次の兄貴……」

新八が背後から並んだ。

「おう。仏と連んでいた香川喬之助だ」

勇次は、前を行く喬之助を示した。

「あいつが……」

「で、新八、お前は……」

「番傘の女、仏具屋念珠堂のおようって通いの女中でしたが、何も見ちゃあいないと……」

「それで、見張っているのか……」

「はい。気になりましてね」

「そうか……」

勇次と新八は、短く遣り取りした。

喬之助は、筋違《すじかい》御門の北詰を抜け、昌平橋に向かった。

「じゃあ、あっしは……」

新八は足を止めた。

「うん。気を付けてな……」

勇次は、新八を残して喬之助を追った。

新八は見送り、仏具屋『念珠堂』へ足早に戻った。

おようは、前掛けを外しながら仏具屋『念珠堂』の勝手口に続く路地から出て来た。

新八は、慌てて物陰に隠れた。

おようは、足早に佐久間町二丁目に向かった。

何処に行く……。

新八は追った。

伊吉は、湯島天神本殿前の端で誰かを待ち続けた。

「親分……」

清吉は焦《じ》れた。

「うん。押さえるか……」

幸吉は動こうとした。

その時、伊吉は未練気に辺りを見廻して動いた。

「親分……」

清吉は緊張した。

「ああ、追うよ……」

幸吉と清吉は、伊吉を追った。


明神下の通りは昌平橋と不忍池《しのばずのいけ》を結び、多くの人が行き交っていた。

香川喬之助は、明神下の通りの途中にある妻恋坂に曲がった。

勇次は、喬之助を追って妻恋坂に曲がった。

妻恋坂は、妻恋町や湯島天神に続き、南側に旗本屋敷が並び、北側に妻恋稲荷がある。

喬之助は、休む事もなく足早に妻恋坂を上がった。

勇次は追った。
喬之助は、妻恋坂の上にある妻恋稲荷の前で立ち止まった。
勇次は、素早く物陰に隠れて見守った。
喬之助は、妻恋稲荷に手を合わせた。
行き先は近い……。
勇次は読んだ。
喬之助は妻恋稲荷脇の道に入り、裏手の町に進んだ。
勇次は追った。

妻恋稲荷裏の町には、古い小さな長屋があった。
喬之助は、木戸を潜《くぐ》って古く小さな長屋に入った。
勇次は木戸に走った。
古く小さな長屋の井戸端には誰もいなく、赤ん坊の泣き声が聞こえていた。
喬之助は、一軒の家の腰高障子に寄り、中の様子を窺《うかが》いながら刀を握り締めた。

まさか……。
喬之助は、此の家に住む者を斬りに来たのかもしれない。
勇次は読み、緊張した面持ちで喬之助を見守った。
喬之助は、腰高障子を引き開けて家の中に踏み込んだ。
勇次は、木戸の陰から出て喬之助の入った家に走った。
刹那、血相を変えた喬之助が家から飛び出して来た。
勇次は、咄嗟《とっさ》に躱《かわ》した。
喬之助は、木戸から走り出て行った。
「くそっ……」
勇次は、慌てて追い掛けようとした。
血の臭い……。
勇次は、喬之助を追うのを止めて家の中を覗いた。
薄暗く狭い家の中には、若い男が血を流して倒れていた。
勇次は驚き、家の中に入った。
血の臭いが満ちていた。

勇次は、倒れている若い男を見詰めた。

若い男は、袈裟懸けに斬られ、顔を歪めて倒れていた。

「お、おい……」

勇次は、倒れている若い男に声を掛け、その生死を確かめた。

倒れている若い男は既に冷たく強張っていた。そして、血は生乾きになっていた。

明け方前、夜の内に斬り殺されている……。

勇次は読んだ。

仏は誰か……。

勇次は、狭い家の中を見廻した。

狭い家の中には大した調度品もなく、粗末な蒲団、火鉢、行李、派手な縞柄の半纏ぐらいしかなかった。

長屋の住人に訊くしかない……。

勇次は家を出ようとした。

「おう。彦六《ひころく》……」

背の低い小太りの男が入って来て、勇次とぶつかりそうになった。

「何だ、お前さん……」

背の低い小太りの男は、勇次を一瞥《いちべつ》して家に上がろうとした。そして、血を流して倒れている若い男に気が付いた。

「て、手前……」

背の低い小太りの男は、顔色を変えて勇次を睨み付けた。

刹那、勇次は跳び掛かり、背の低い小太りの男を取り押さえた。

「ひ、人殺し……」

背の低い小太りの男は、悲鳴を上げて踠《もが》いた。

「煩《うるさ》い。静かにしやがれ」

勇次は、背の低い小太りの男の横面を張り飛ばした。

幸吉と清吉が駆け込んで来た。

「あっ、親分、清吉……」

勇次は戸惑った。

「勇次、何をしているんだ……」

幸吉は、勇次に怪訝《けげん》な眼を向けた。

「香川喬之助さんを尾行て来たら、此の仏に出会《でくわ》しましてね」

勇次は、家の中の若い男の死体を示した。

幸吉は、若い男の死体に駆け寄り、その死を見定めた。

「梶原新三郎さんと同じ袈裟懸けか……」

「ええ……」

勇次は頷いた。

「で、香川喬之助さんは……」

「逃げられました」

「そうか……」

「親分、こいつは……」

勇次は、清吉に縄を打たれた背の低い小太りの男を示した。

「うん。浪人の高村慎吾と連んでいる遊び人の伊吉だ」

「伊吉、仏は誰だ。知っているんだろう」

勇次は、伊吉に十手を突き付けた。

「ひ、彦六。兄弟分の遊び人の彦六だ……」

伊吉は、恐ろし気に声を震わせた。

「遊び人の彦六……」

「ああ。誰が彦六を殺ったんですかい……」

「そいつは、こっちも知りたいぜ」

勇次は苦笑した。

「伊吉、彦六、何をしていたんだ」

幸吉は、伊吉を見据えた。

「し、知らねえ……」

伊吉は、顔を背けた。

「伊吉、惚《とぼ》けると大番屋で十露盤《そろばん》に座って石を抱く破目になるぜ……」

幸吉は、冷笑を浮かべて脅した。

「冗談じゃあねえ。彦六の奴は、今、高村慎吾って浪人と連んでいた筈だぜ」

伊吉は、慌てて素直になった。

「高村慎吾と連んでいた……」

「ああ……」

「連んで何をしていたんだ」

幸吉は訊いた。

「そこ迄は知らねえ……」

「伊吉……」

勇次は、伊吉の膝に十手の先を突き立てた。

伊吉は、激痛に顔を醜く歪めた。

「知らねえ。本当に知らねえ。信じてくれ」

伊吉は、激痛に涙を流して嗄《しゃが》れ声を絞り出した。

「じゃあ、浪人の高村慎吾は何処にいる」

幸吉は尋ねた。

「きっと情婦《おんな》だ。情婦の処だ」

伊吉は、涙声になった。

「情婦は何処の誰だ」

「妻恋町のおまちって妾稼《めかけ》業の女だ……」

伊吉は泣いた。

「親分……」

勇次は、幸吉の指示を待った。

「うん。清吉、自身番に報せ、木戸番を呼んで来な」

「合点です」

清吉は、自身番に走った。

「俺は清吉が戻ったら妻恋町に行ってみる。勇次、お前は香川喬之助さんの組屋敷にな」

幸吉は命じた。

「承知、じゃあ御免なすって……」

勇次は、彦六の家から駆け出して行った。

「さあて、伊吉。後でいろいろ聞かせて貰うよ……」

幸吉は、涙と鼻水で汚れた顔の伊吉に笑い掛けた。

三

夕暮れ時。

下谷練塀小路の組屋敷街は夕陽に照らされ、物売りの声が響いていた。

おようは、辻から斜向かいにある組屋敷を見詰めていた。

あの組屋敷に用があるのか……。

新八は、辻に佇んで斜向かいにある組屋敷を見詰めているおようを見張っていた。

　おようは、奉公先の仏具屋『念珠堂』に昼から暇を取り、真っ直ぐに下谷練塀小路の組屋敷街にやって来た。そして、中御徒町に近い辻に佇み、斜向かいの組屋敷を眺め始めた。

　新八は、見張りの間に組屋敷の主が誰か聞き込んだ。

　組屋敷の主は香川喬之助だった。

　新八は、おようの見詰める組屋敷が香川屋敷だと知った。

　昨夜、おようは店の番傘を借りて家に帰る時、香川喬之助が梶原新三郎殺しに何か拘っているのを知ったのかもしれない。

　だが、おようはそれを隠した。

　そして、おようは香川喬之助の組屋敷に来ているのだ。

　おようは、香川喬之助とどのような拘わりなのだ。

　新八は読んだ。

　そして、香川喬之助は梶原新三郎殺しに何らかの拘わりがあるのだ。

　新八は睨んだ。

　刻が過ぎた。

　香川屋敷の木戸門が開き、五十前後の武家の妻が風呂敷包みを抱えて出て来た。

おようは、物陰に隠れた。

喬之助の母親の菊乃だ……。

新八は見定めた。

菊乃は、風呂敷包みを抱えて夕方の下谷広小路に向かった。

おようは見送った。

用のある相手は、やはり倅の香川喬之助なのだ。

夕陽は一段と赤くなった。

おようは、吐息を洩らして夕暮れ時の町に踵《きびす》を返した。

新八は尾行た。


妻恋町の家並は、夕陽に照らされていた。

「此処ですよ。妾稼業のおまちさんの家は……」

妻恋町の木戸番は、裏通りにある板塀に囲まれた仕舞屋《しもたや》を示した。

「おまちは一人暮らしですか……」

清吉は、木戸番に尋ねた。

「いいや。飯炊きのおたき婆さんと二人暮らしだよ」

「飯炊きのおたき婆さんですか……」

「ああ……」

「で、旦那は……」

幸吉は訊いた。

「今は確か神田須田町の米屋の旦那だと聞いておりますが……」

「で、情夫《おとこ》は……」

幸吉は畳み掛けた。

「情夫《おとこ》ですかい……」

木戸番は苦笑した。

「ああ。いる筈だぜ」

幸吉は笑った。

「ええ。若い浪人が一人。年増のおまちが可愛がっているそうですぜ」

「若い浪人の名前は……」

「おたき婆さんの話じゃあ、高村慎吾って背の高い浪人ですよ」

木戸番は、町内の事情にかなり詳しかった。

「親分……」

「うん。今日は来ているのかな」

「さあて、どうですかね」

「ちょいと、おたき婆さんに探りを入れてみちゃあくれないかな」

幸吉は、木戸番に小銭を握らせた。

「此奴はどうも。ちょいとお待ち下さい」

木戸番は、小銭を握り締めて板塀の木戸門を入り、裏口に廻って行った。

夕陽は沈み、仕舞屋は薄暮に覆われた。

僅かな刻が過ぎ、木戸番は戻って来た。

「どうでした……」

清吉は、木戸番に駆け寄った。

「おたき婆さんの話じゃあ、今日は未だ来ちゃあいないそうですぜ」

「そうか。造作を掛けたね。此の事、他言は無用だぜ」

幸吉は、木戸番に笑い掛けた。

神田佐久間町二丁目の裏通りに小さな稲荷祠があり、お稲荷長屋の木戸があった。

　おようは、小さな稲荷祠に手を合わせ、お稲荷長屋の木戸を潜った。

　新八が追って木戸に現れた。

　お稲荷長屋の家々には明かりが灯され、子供たちの笑い声がした。

　おようは、足早に奥の暗い家に近付き、中に入った。

　新八は、木戸から見届けた。

　おようの入った暗い家には、小さな明かりが灯された。

　おようはやはり一人暮らし……。

　新八は見定めた。


　大番屋の詮議場は薄暗く、微かに血の臭いが漂っていた。

　幸吉は、遊び人の伊吉を座敷の框《かまち》に腰掛けている和馬の前に引き据えた。

「遊び人の伊吉か……」

　和馬は笑い掛けた。

「は、はい……」

　伊吉は、値踏みをするような眼差しで和馬を見上げた。

「殺された彦六、浪人の高村慎吾と連んで何をしていたのだ」

和馬は尋ねた。

「旦那、そいつは……」

伊吉は薄く笑った。

媚《こ》びるような狡猾《こうかつ》な笑みだった。

刹那、笑った伊吉の頬が平手打ちに鳴った。

伊吉は、平手打ちをした和馬を見た。

その眼は狡猾さを失い、怯《おび》えに満ち溢れていた。

「伊吉、へらへらするんじゃあねえ……」

和馬は、静かに告げた。

「は、はい……」

伊吉は項垂《うなだ》れた。

「伊吉、下手に惚ければ、殺しに強盗、大騙《かた》り、選り取り見取りで罪を着せてやるぜ」

和馬は脅した。

「だ、旦那……」

伊吉は、嗄れ声を引き攣らせた。

「伊吉、旦那が仰《おっしゃ》ったように手前を咎人《とがにん》に仕立て上げて、始末するなんぞ、造作もない事なんだぜ」

幸吉は、冷たく笑った。

「そんな……」

伊吉は、恐怖に震え上がった。

「じゃあ、伊吉。高村慎吾と彦六は何をしていたのだ」

和馬は訊いた。

「は、はい。彦六、俺が訊いても詳しく教えてくれなかったんですが、どうも誰かを脅して金を奪い取っていたようです」

「強請《ゆすり》を働いていたか……」

「きっと。彦六の奴、急に金廻りが良くなっていましたから……」

伊吉は、和馬に縋《すが》る眼差しを向けた。

「旦那……」

「ああ……」

和馬と幸吉は、浪人の高村慎吾が強請を働いていたと見定めた。

用部屋の障子に木洩れ日が映えた。

「浪人の高村慎吾、遊び人の彦六と強請を働いていたか……」

久蔵は眉をひそめた。

「おそらく、間違いありません」

和馬は頷いた。

「うむ。して、斬り殺された梶原新三郎、その強請にどう拘わるのだ」

久蔵は、厳しい面持ちで尋ねた。

「はい。梶原新三郎と香川喬之助は真面目な人柄です。高村の強請を知って厳しく咎め、怒った高村が……」

和馬は読んだ。

「梶原新三郎を斬り殺したか……」

久蔵は訊いた。

「かもしれません……」

和馬は頷いた。

「ならば、遊び人の彦六を斬ったのは誰だ」

「そいつも、高村慎吾かも……」

「だが、彦六は強請仲間だろう」

「はい。ですが、高村慎吾と彦六。仲間割れをしたのかも……」

和馬は告げた。

「うむ。して、高村慎吾は今どうしている」

「はい。高村慎吾、姿を消していまして、今、清吉が情婦《おんな》の妾稼業のおまちの家を見張っています」

幸吉は告げた。

「そうか。和馬、柳橋の。此奴は未だ何か裏がありそうだな……」

久蔵は苦笑した。

「はい。それから香川喬之助ですが、彦六が殺されているのを見て飛び出して行き、下谷練塀小路の組屋敷には未だ戻っていなく、勇次が見張っています」

「香川喬之助か……」

「はい……」

幸吉は頷いた。

「して、一昨夜、梶原新三郎殺しに拘る何かを見たと思える番傘の女はどうした」

「はい。番傘の女は、神田佐久間町一丁目の仏具屋念珠堂の通い奉公の女中おようだと分かりました」

「念珠堂の通いの女中、おようか……」

「はい……」

「して、おようは何と云っているのだ」

「それが、一昨夜、和泉橋の袂では何も見てはいないと……」

「見ていない……」

久蔵は眉をひそめた。

「ですが、昨日、昼から暇を取って香川喬之助さんの組屋敷に行き、夕暮れ迄、喬之助さんが現れるのを待っていたようですが……」

「喬之助が現れず、家に帰ったか……」

久蔵は読んだ。

「はい。家の神田佐久間町二丁目の長屋に帰ったそうで、新八が見張っています」

幸吉は報せた。

「うむ。とにかく、急ぎ御家人の香川喬之助と浪人の高村慎吾を捜し出すのだな」

久蔵は命じた。

木洩れ日は煌めいた。

仏具屋『念珠堂』は、客が訪れ、奉公人たちが忙しく働いていた。
おようは、朝早くお稲荷長屋から『念珠堂』に来て働き始めた。
新八は見張った。
今日も昼から暇を取り、下谷練塀小路の香川屋敷に行くのか……。
新八は読んだ。
おようが勝手口に続く路地から手桶を持って現れ、店先に水を撒《ま》いた。
撒かれた水は日差しに耀いた。
おようは、煌めきを眩し気に眺めて路地に戻って行った。
暫《しばら》く動かない……。
新八は読み、おようの素性を調べる事に決めた。

下谷練塀小路は既に出仕の時も過ぎ、行き交う者は途絶えた。
香川屋敷は木戸門を閉めたままだった。
勇次は、辻の物陰から香川屋敷を見張った。
昨夜、香川喬之助は組屋敷に帰って来なかった。

勇次は、欠伸《あくび》を嚙み殺しながら見張った。
僅かな刻が過ぎた。
母親の菊乃が木戸門から顔を出し、心配そうに辺りを見廻した。
初めてなのかもしれない……。
菊乃は、不安気に家に戻った。
喬之助が帰って来ないのは……。
勇次は読み、香川屋敷を眺めた。
遠くに物売りの声が響いた。

板塀に囲まれた仕舞屋は、静けさに包まれていた。
高村慎吾らしい浪人は現れない。
清吉は見張った。
婆やのおたきが木戸門から現れ、笊《ざる》を持って足早に出て行った。
豆腐でも買いに行くのか……。
清吉は見送った。
若い侍がやって来た。

清吉は、物陰に隠れた。

若い侍は、辺りを窺いながら仕舞屋の木戸門に近付いた。そして、緊張した面持ちで木戸門から仕舞屋を覗いた。

高村慎吾か……。

清吉は緊張した。

若い侍は、木戸門を開けて素早く中に入った。

清吉は物陰を出て、木戸門に駆け寄って中を覗いた。

若い侍は、仕舞屋の庭先に廻ろうとしていた。

高村慎吾じゃあない……。

清吉は読んだ。

高村慎吾なら戸口から入る筈だ。

じゃあ、香川喬之助って奴かもしれない。

清吉は睨んだ。

若い侍は、家の角を曲がって庭に出た。

「あっ……」

縁側に横たわっていた年増は、若い侍に気が付いて起き上がった。

「おまちさん、私だ。慎吾の友の香川喬之助だ」

若い侍は、慌てて名乗った。

「何だ。喬之助さんか……」

おまちは苦笑した。

清吉は家の角に潜み、若い侍が香川喬之助であり、年増が妾稼業のおまちだと知った。

「慎吾、高村慎吾はいるか……」

喬之助は、切迫した声で尋ねた。

「来ちゃあいないよ。あんたたちと一緒じゃあないのかい……」

おまちは眉をひそめた。

「昨日から捜しているんだ……」

「だったら、賭場《とば》じゃあないの……」

「昨夜、一晩掛けて慎吾の行く賭場を廻ったが何処にもいない」

喬之助は、疲労を滲《にじ》ませた。

「じゃあ、最近、誑《たら》し込んだ若い女の処だよ」

おまちは、嘲《あざけ》りを浮かべた。

「若い女って何処の誰だ」

「名前は知らないけど、神田明神の盛り場にある小料理屋の若い女らしいよ」

おまちは告げた。

「小料理屋の若い女。邪魔したな……」

喬之助は、仕舞屋の木戸門を駆け出して行った。

清吉が物陰から現れ、喬之助を追った。

神田明神の盛り場にある小料理屋の若い女……。

喬之助は、若い女の処に高村慎吾がいると睨み、神田明神に向かっている。

清吉は追った。


神田佐久間町の自身番の老番人は、二丁目のお稲荷長屋に住んでいるおようを知っていた。

「おようさん、どんな女《ひと》ですか……」

新八は尋ねた。

「どんな女って、お武家の出だけあって落ち着いた穏やかな女ですよ」

老番人は、小さな笑みを浮かべた。

「お武家の出……」

新八は、おようが武家の出だと知って驚いた。

「ええ……」

老番人は頷いた。

「武家の出のおようさんが、どうして念珠堂の通い奉公をしているんですか……」

新八は尋ねた。

「そいつなんだけどね。確か十七、八年前だったか、御家人だった旦那が病で亡くなって家が取り潰しになってねえ……」

「取り潰し……」

「ああ。それで、おようさんは生まれたばかりの赤ん坊を抱えて、四ツ谷の実家に戻ったんだよ」

「赤ん坊……」

「ああ。そして、五年ぐらい前だったか、仏具屋念珠堂の通い奉公の女中をしているのに気が付いてね。驚いたよ」

老番人は笑った。

「赤ん坊は、子供はどうしたんですか……」

新八は、おようがお稲荷長屋で一人で暮らしているのを知っている。

「子供……」

老番人は眉をひそめた。

「ええ。おようさん、一人暮らしですが……」

「そう云えばそうだね。赤ん坊、どうしたのかな……」

老番人は首を捻った。

潮時だ……。

新八は、自身番の老番人に礼を云って仏具屋『念珠堂』に戻った。

仏具屋『念珠堂』に戻った新八は、脇の路地を進んで勝手口を窺った。

おようは、他の女中たちと働いていた。

変わった様子はない……。

新八は見定めた。

十七、八年前、おようは御家人の夫を亡くし、生まれたばかりの赤ん坊を抱いて実家に戻った。そして、今はお稲荷長屋で一人で暮らしている。
赤ん坊はどうした……。

新八は戸惑った。

赤ん坊は今、十八、九歳になっている筈だ。

その子供はどうしたのだ。

死んだのか……。

既に何処かに住み込み奉公しているのか……。

それとも、誰かに貰われていったのか……。

新八は、想いを巡らせた。

赤ん坊は女の子で、既に嫁入りをしたのかもしれない。

新八は読んだ。だが、直ぐに否定した。

おようがお稲荷長屋に越して来たのは五、六年前だ。

流石に十二、三歳で嫁入りは早過ぎる。そして、赤ん坊は女じゃあなく、男かもしれないのだ。
十八、九歳の男……。

新八は気が付いた。

香川喬之助が十八歳なのだ。

ひょっとしたら……。

新八は、自分の思い付いた事に戸惑った。

おようは、井戸端で額の汗を拭いながら洗い物をしていた。

四

神田明神門前町の盛り場に連なる飲み屋は、夕暮れからの開店に向けて仕度に忙しかった。

香川喬之助は、開店の仕度をしている者たちに何事かを尋ねながら飲み屋の連なりを進んだ。

清吉は追った。

香川喬之助は、高村慎吾の行方を追っているのだ。

清吉は、香川喬之助の動きを読んだ。

喬之助は、昨日、遊び人の彦六が殺されているのを知り、高村慎吾を捜して一晩中行きつけの賭場を探し歩いた。だが、慎吾は何処にもおらず、妾稼業のおまちの許に現れたのだ。

喬之助は、どうして高村慎吾を必死に捜しているのだ。

それは、梶原新三郎と彦六斬殺に拘りがあっての事なのだ。

梶原新三郎と彦六を斬ったのは、高村慎吾なのかもしれない。

清吉は、己の読みに緊張した。

喬之助は、高村慎吾を捜して連なる飲み屋街を歩き廻った。

清吉は、慎重に追い続けた。


「どうだ……」

和馬と幸吉は、仏具屋『念珠堂』のおようを見張る新八の許にやって来た。

「親分、神崎の旦那……」

新八は、幸吉と和馬におようの素性と香川喬之助との拘わりの可能性を報せた。

「じゃあ何か、香川喬之助、ひょっとしたらおようさんの子かもしれないのか
……」

幸吉は眉をひそめた。

「はい……」

新八は頷いた。

「和馬の旦那……」

「うん。もし、新八の睨み通りなら、おようが何も見ていないってのは、喬之助を見掛けたからかもしれないな……」

和馬は、厳しい面持ちで読んだ。

「ええ。おようさんは香川喬之助を庇《かば》っているのかも……」

幸吉は頷いた。

「おようさんに問い質してみますか……」

新八は意気込んだ。

「いや。喬之助がおようの子供だと云うのはこっちの睨みだ。おようは容易に認めはしないだろう」

和馬は苦笑した。

「じゃあ……」

「うん。此れから喬之助の母親に逢うしかあるまい」

和馬は決めた。

喬之助は、香川屋敷に帰って来てはいなかった。

「そうか。喬之助、帰って来ないか……」

和馬は、静寂に覆われている香川屋敷を見詰めた。

「ええ。母親の菊乃さんも心配しているようですが……」

勇次は、菊乃に同情した。

「そうか……」

「はい。それにしても、念珠堂のおようさんと香川喬之助がねえ……」

勇次は眉をひそめた。

「勇次、和馬の旦那とそいつを菊乃さまに確かめて来る。もし、喬之助が帰って来たら報せてくれ」

幸吉は命じた。

「承知……」

勇次は頷いた。

「じゃあ、和馬の旦那……」

「うん……」

和馬と幸吉は、香川屋敷に向かった。

「どうぞ……」

香川菊乃は、緊張した面持ちで和馬と幸吉に茶を差し出した。

「御造作をお掛けします」

和馬と幸吉は礼を述べた。

「して、神崎さま、御用とは……」

菊乃は、微かな怯えを過らせた。

「はい。今日、喬之助どのは……」

「生憎《あいにく》、出掛けております……」

「何処へ、何しに……」

「存じません……」

菊乃は、微かに眉を曇らせた。

「そうですか。ならば、奥さま、喬之助どのは香川家の御実子ですか……」

和馬は、菊乃を見詰めた。

「いいえ。喬之助は、赤ん坊の頃、子供のいない私共夫婦が養子に迎えた子にございます」

菊乃は、和馬と幸吉を見返した。

その眼差しに怯えや躊躇いはなく、落ち着きと潔さに満ちていた。

跡継ぎのいない武家が、養子を迎えるのは普通の事だ。

「して、実の親は……」

「喬之助の実の親は御家人でしたが病で亡くなり、お家はお取り潰しとなり、残された母親が満足に育てられぬと……」

「養子に出したのですか……」

「きっと。それで私共が養子に迎えたのです。ですから、実家や実の親については、亡くなった夫はともかく、私は何も存じません」

菊乃は、硬い面持ちで告げた。

「そうですか……」

和馬は頷いた。

「奥さま、つかぬ事をお尋ねしますが、喬之助さんは、自分が香川家の養子だと御存知なのですか……」

幸吉は訊いた。

「はい。喬之助が十六歳で元服した後、亡き夫が話しました」

「で、喬之助さんは……」

「最初は随分と驚いていましたが、自分の親は此の世に父上と母上だけだと笑ってくれました。喬之助は亡き夫と私が赤ん坊の時から手塩にかけて育てた子、何があっても信じております」

菊乃は微笑《ほほえ》んだ。

「そいつは何より……」

幸吉は、笑みを浮かべて頷いた。

菊乃と喬之助の母子の絆は強く、他人の窺い知れぬものなのだ。

「あの。喬之助、梶原新三郎さんが斬られた事と何か拘わりがあるのでしょうか……」

菊乃は、不安を滲ませた。

「ええ。おそらく……」

和馬は頷いた。

「そうですか……」

菊乃は眉をひそめた。

「何か……」

和馬は、菊乃が何か知っていると読んだ。

「神崎さま。喬之助は高村慎吾を町奉行所に連れて行くと……」

菊乃は、不安を募らせた。

「和馬の旦那……」

幸吉は眉をひそめた。

「うむ。奥さま、喬之助どのが帰ったら、此れ以上、動き廻らぬように伝えて下さい」

和馬は、菊乃に告げて座を立った。


おようは、香川喬之助の実の母親であり、我が子を見守る為に組屋敷に近い神田佐久間町に引っ越し、仏具屋『念珠堂』に奉公したのかもしれない。そして、おようは喬之助が梶原新三郎殺しに拘っていると思って庇い、何も見ていないと嘘を吐いた。

実の子を手放した母……。

その母親が、実の子の為に吐いた哀しい嘘なのだ。

今、喬之助は高村慎吾を捜し廻っている。

和馬と幸吉は、勇次と新八を見張りから外して高村慎吾を捜す事にした。

先ずは、高村慎吾の情婦の妾稼業のおまちだ。

幸吉は、久蔵に報せに戻る和馬と別れ、勇次と新八を従えて妻恋町に急いだ。


清吉は、妾稼業のおまちの家の周囲にはいなかった。

「清吉、何処にもいませんよ……」

新八は、戸惑いを浮かべた。

「ひょっとしたら。高村慎吾か香川喬之助が現れ、追ったんじゃあ……」

勇次は睨んだ。

「おまちに訊いてみるぜ」

幸吉は、仕舞屋の木戸門に走った。

勇次と新八は続いた。


おまちは、訪れた香川喬之助に高村慎吾が神田明神の小料理屋の若い女に入れ揚げている事を教えたと云った。そして、喬之助は駆け出して行った。

高村慎吾が潜んでいると思われる神田明神の小料理屋の若い女を捜しに……。

清吉は、その香川喬之助を追って神田明神に行った。

「神田明神の盛り場の若い女のいる小料理屋だ……」

幸吉は、新八を南町奉行所に走らせ、勇次と神田明神に走った。


和馬は、久蔵に分かった事を報せた。

「そうか。高村慎吾か……」

久蔵は頷いた。

「ですが、分からないのは、何故に高村慎吾と梶原新三郎が斬り合いになったかです」

和馬は眉をひそめた。

「そいつなんだがな、和馬……」

「はい……」

「梶原新三郎には兄貴がいてな……」

「はい……」

「その兄貴が嫁を迎えた」

「嫁ですか……」

「うむ。新三郎にとっては義理の姉だが、嫁入り前にはいろいろ噂があったようだ」

「噂……」

「ああ。男出入りの噂がな……」

久蔵は苦笑した。

「ならば、高村慎吾とも……」

「そいつは何とも云えないが、高村慎吾が強請に使ったのかもしれないな」

久蔵は読んだ。

「梶原新三郎はそれを怒り、高村慎吾と斬り合いになりましたか……」

「かもしれぬ……」

久蔵は頷いた。

「秋山さま……」

庭先に小者がやって来た。

「何だ……」

「柳橋の身内の新八さんが来ております」

「うむ。通しな……」

「はい……」

小者が出て行き、新八が足早に入って来た。

「どうした、新八……」

和馬は尋ねた。

「はい。高村慎吾、神田明神の盛り場に潜んでおり、香川喬之助が捜しているようです」

新八は報せた。

「よし。直ぐ行く」

和馬は頷いた。

「和馬、俺も行くよ」

久蔵は、刀を手にして立ち上がった。


神田明神門前町の盛り場は、連なる飲み屋の殆《ほとん》どが開店の仕度を始め、次第に活気を帯びていた。

香川喬之助は、若い女のいる小料理屋を訪ね、高村慎吾を捜し歩いた。だが、高村慎吾は容易に見付からなかった。

清吉は、喬之助を尾行廻した。

「清吉……」

幸吉と勇次がやって来た。

「親分。勇次の兄貴……」

清吉は、満面に安堵を浮かべた。

「御苦労だったな。香川喬之助は……」

幸吉は、清吉を労《ねぎら》った。

「はい。あそこに……」

清吉は、盛り場の外れを示した。

そこには、疲れた面持ちの喬之助が壊れ掛けた縁台に腰掛けていた。

幸吉と勇次は見定めた。

「高村慎吾、未だ見付からないようだな」

幸吉は、小さく笑った。

「はい。店を開ける仕度をしている小料理屋や飲み屋に訊き廻っているのですが、今の処は未だ……」

「見付からないか……」

「はい……」

清吉は頷いた。

「親分……」

勇次は、喬之助を示した。

喬之助は縁台から立ち上がり、重い足取りで飲み屋街に進んだ。

「あっしが先に行きます」

勇次は、喬之助を追った。

幸吉と清吉が続いた。


香川喬之助は、門前町の盛り場を出て神田明神の境内に向かった。

勇次は尾行た。

「神田明神の境内に行くつもりだな」

幸吉は読んだ。

「ええ……」

清吉は頷いた。

喬之助は、重い足取りで神田明神の鳥居を潜ろうとした。

若い浪人と若い女が、鳥居の先の路地から出て来た。

「慎吾……」

喬之助は、若い浪人に向かって走った。

若い浪人は身構えた。

高村慎吾……。

勇次、幸吉、清吉は、若い浪人が高村慎吾だと気が付いた。

喬之助は、高村慎吾に駆け寄った。

「何だ。喬之助か……」

慎吾は、嘲りを浮かべた。

「慎吾。俺と一緒に月番の南町奉行所に行こう」

喬之助は、慎吾に告げた。

「馬鹿を云うな。新三郎を斬り棄てたのは降り掛かった火の粉を振り払った迄だ。それに、武士の喧嘩だ。町奉行所に口出しされる謂《いわ》れはない」

慎吾は嘯《うそぶ》いた。

「ならば、遊び人の彦六は何故、斬った……」

喬之助は咎めた。

「彦六か。彦六はな。梶原家に続いてお前を脅そうとしたのに怖気づいたから斬り殺してやっただけだ」

慎吾は、酷薄に云い放った。

「慎吾……」

「喬之助、お前は香川家の養子、何処の馬の骨の血筋かも分らぬ奴の指図は受けぬ」

慎吾は、喬之助に侮《あなど》りと蔑《さげす》みの眼を向けた。

「黙れ……」

喬之助は、刀の柄《つか》を握り締めた。

慎吾は身構えた。

若い女は、強張った面持ちで慎吾の背後から離れた。

「友の新三郎が斬られたのを見て、尻尾を巻いて逃げた卑怯者に何が出来るのかな……」

慎吾は嘲笑《ちょうしょう》した。

「お、おのれ……」

喬之助は、悔しさに顔を歪めた。

慎吾と喬之助は、刀を抜かんばかりに構えて対峙《たいじ》した。

行き交う人々は立ち止まり、対峙した二人を恐ろし気に見守った。

「親分……」

勇次は眉をひそめた。

「ああ。勇次、高村慎吾を押さえる」

「承知。清吉、呼子笛を鳴らせ……」

「はい……」

清吉は、喉を引き攣らせて頷き、呼子笛を吹き鳴らした。

慎吾と喬之助は驚いた。

勇次が二人に駆け寄り、目潰しを投げた。

目潰しは慎吾の顔に当たり、灰色の粉を撒き散らした。

慎吾は、眼を潰されて怯《ひる》んだ。

幸吉が十手で殴り付けた。

慎吾は倒れた。

勇次と清吉は、倒れた慎吾に跳び掛かろうとした。

慎吾は、刀を抜いて振り廻《まわ》した。

勇次と清吉は、咄嗟に跳び退いて躱した。

現れた久蔵が、拳大の石を拾って投げた。

石は慎吾の腹に当たった。

慎吾は、顔を醜く歪めて蹲《うずくま》った。

和馬が駆け寄り、慎吾の刀を奪って張り倒した。

勇次と清吉、そして新八が倒れた慎吾に跳び掛かり、素早く捕り縄を打った。

喬之助は、呆然と立ち竦《すく》んでいた。

「高村慎吾、梶原新三郎と遊び人の彦六を殺した罪でお縄にする。神妙にしな」

和馬は命じた。

慎吾は項垂れた。

「よし。勇次、高村慎吾を大番屋に引き立てるぜ」

和馬は告げた。

「承知。清吉、新八……」

勇次は、清吉や新八と慎吾を引き摺《ず》り立たせた。

「じゃあ。秋山さま……」

「うむ。後は俺と柳橋が始末する」

「はい。ならば、御免……」

和馬、勇次、新八、清吉は、高村慎吾を引き立てて行った。

　喬之助は、呆然とした面持ちで引き立てられて行く高村慎吾を見送った。

「香川喬之助か……」

　久蔵は、喬之助に声を掛けた。

「は、はい……」

　喬之助は、我に返ったように久蔵を見た。

「高村慎吾が梶原新三郎と彦六を斬り殺した経緯《いきさつ》、詳しく話して貰うよ」

　久蔵は笑い掛けた。

「貴方は……」

「私は南町奉行所吟味方与力の秋山久蔵だ」

「秋山さま……」

「ああ。柳橋の。香川喬之助の口書を取る。神田明神に行って座敷を借りてくれ」

「心得ました」

　幸吉は、神田明神に走った。

「喬之助、母上が心配している。知っている事を何もかも話し、早く組屋敷に帰るのだな」

「はい……」

喬之助は、戸惑った面持ちで頷いた。

「喬之助、おぬし、香川家の養子だそうだな」

「はい。ですが私は、親は香川の両親だけだと思っています」

喬之助は告げた。

「そうか……」

久蔵は笑った。

南町奉行所吟味方与力秋山久蔵は、浪人の高村慎吾を彦六殺しの罪で死罪に処した。そして、梶原内膳と逢い、倅の新三郎が高村慎吾の兄嫁恐喝を知り、食い止めようとして斬られた事を告げた。

梶原内膳は、久蔵に深々と頭を下げた。

香川喬之助は、和泉橋の袂を西に曲がって神田明神に向かった。

仏具屋『念珠堂』の女中おようは、店先の掃除をしながら通り過ぎて行く喬之助を眩し気に見送った。

第二話

嘘吐き

一

西堀留川の澱《よど》んだ流れに月影は映えた。

雲母橋《きらずばし》の北詰、伊勢町の外れにある小料理屋『千鳥《ちどり》』には、数人の馴染客が訪れていた。

「おう。あがったよ」

亭主で板前の清作《せいさく》は、出来た豆腐料理を盆に載せた。

「はい……」

娘のおかよは、料理を載せた盆を持って客の煙草屋の隠居の許に向かった。

「お待たせしました」

おかよは、隠居に豆腐料理を差し出した。

「おお、美味そうだな」

隠居は、眼を細めた。

「そりゃあもう。お一つ、どうぞ……」

おかよは、徳利を手に取り隠居に酌をした。

「ああ、すまないね、おかよちゃん……」

隠居は、嬉し気に猪口の酒を啜《すす》った。

「いいえ……」

おかよは微笑んだ。

腰高障子が乱暴に開けられた。

派手な半纏を着た背の高い痩せた中年男が入って来た。

「いらっしゃいませ……」

おかよは、躊躇いがちに迎えた。

「ちょいと人を捜していてな……」

中年男は、鋭い眼で客たちを見廻した。

「えっ……」

おかよは訊き返した。

「いねえようだ。邪魔したな」

中年の男は、おかよと隠居たち客を鋭く一瞥し、戸口を出て腰高障子を乱暴に閉めた。

「何だい、ありゃあ……」

「真っ当な奴じゃあないね」

お店《たな》の番頭と錺職《かざりしょく》の親方は眉をひそめた。

「ああ。人を捜していたけど、あいつも岡っ引に捜されているような奴だな」

隠居は、手酌で酒を飲みながら苦笑した。

「きっとね」

お店の番頭は頷いた。

「おかよちゃん、佐吉《さきち》、今夜は遅いね」

隠居は訊いた。

「建前《たてまえ》だと云っていましたからね……」

「建前か……」

「おう。おかよちゃん、酒、新しい奴……」

錺職の親方は、空になった徳利を振って見せた。

「はい。只今……」

おかよは、返事をして板場に入った。

客が出入りし、刻が過ぎた。

遠くの寺が戌の刻五つ（午後八時）を報せる鐘の音を響かせた。

小料理屋『千鳥』の客たちは帰り始め、西堀留川に架かっている雲母橋を通る人は途絶えた。


亥《い》の刻四つ（午後十時）が過ぎた。

小料理屋『千鳥』は店仕舞いの時を迎え、おかよは暖簾《のれん》を下げに表に出た。

おかよは、暖簾を外し、軒行燈《のきあんどん》の火を吹き消した。

その時、雲母橋の暗い袂に何かが動き、苦し気な呻《うめ》き声が微かに聞こえた。

おかよは、怪訝な面持ちで雲母橋の袂に向かった。

雲母橋の袂に半纏を着た男が倒れていた。

「あっ……」

おかよは驚き、尻餅を突いた。

「おかよ。どうした……」

清作が、小料理屋『千鳥』の戸口から声を掛けて来た。

「お、お父っつあん、人が、人が……」

おかよは、声を縺《もつ》れさせた。

「何……」

清作は、手燭《てしょく》を持って駆け寄り、倒れている半纏を着た男を見た。

半纏を着た男は、腹から血を流して死んでいた。

「し、死んでいる……」

清作は驚いた。

夜廻りの木戸番が、拍子木を打ち鳴らしながらやって来た。

「き、吉兵衛《きちべえ》さん……」

清作は、嗄れ声で木戸番の吉兵衛を呼んだ。

「清作さんか。どうした……」

木戸番の吉兵衛は提灯《ちょうちん》を翳《かざ》し、怪訝な面持ちで駆け寄って来た。

「人が、人が殺されている……」

清作は、嗄れ声を震わせて斃《たお》れている半纏を着た男を示した。

「何だって……」

木戸番の吉兵衛は、半纏を着た男を恐ろし気に見た。そして、辺りを見廻し、何かに気が付いて雲母橋の欄干《らんかん》に走った。

雲母橋の欄干の傍には、印《しるし》半纏を着た男が倒れていた。

「清作さん、もう一人倒れているぞ」

吉兵衛は、声を引き攣らせた。

「何だって……」

清作は、吉兵衛の傍に行き、倒れている男を見た。

「さ、佐吉、佐吉じゃないか……」

清作は驚いた。

「佐吉さん……」

おかよは驚き、息を飲んだ。

佐吉は、小料理屋『千鳥』の馴染客の大工だった。

「佐吉、どうした佐吉……」

清作は、倒れている佐吉を揺り動かした。

佐吉は、苦し気に呻いて僅かに手を動かした。

その手は、赤い血に塗《まみ》れていた。

半纏を着た男の死体は、戸板に寝かされて筵を掛けられ、伊勢町の自身番の裏に置かれていた。

南町奉行所定町廻り同心の神崎和馬は、岡っ引の柳橋の幸吉と死体を検めた。

「腹を深く突き刺されているな……」

和馬は見定めた。

「ええ。で、雲母橋の袂に大工の佐吉が気を失って倒れていましてね。手や半纏には血が付いていた……」

幸吉は報せた。

「大工の佐吉か。して、得物は……」

「佐吉の傍に、此の血塗れの匕首《あいくち》が落ちていたそうです」

幸吉は、血塗れの匕首を見せた。

「そうか。で、大工の佐吉は……」

「南茅場町《みなみかやばちょう》の大番屋に……」

幸吉は告げた。

「どんな風なんだ……」

「そいつが、佐吉、随分と酒に酔っていましてね。半纏を着た男を殺した覚えもなく、何処の誰かも知らないそうです」

「何も覚えちゃあいないか……」

「ええ……」

「さあて、そいつは本当かな……」

和馬は苦笑した。

「ま。酔った佐吉が仏さんと喧嘩になり、匕首で突き刺したってのが、誰もが頷ける筋書ですか……」

幸吉は告げた。

「うん。で、仏は何処の誰だ……」

「そいつが、近所の者たちも知らなくて、今、勇次たちが……」

「そうか。よし、じゃあ、現場に行ってみるか……」

和馬は、戸板に寝かされた半纏を着た男の死体の傍から立ち上がった。

西堀留川は鈍色《にびいろ》に輝いていた。

和馬と幸吉は、西堀留川に架かっている雲母橋を眺めた。

雲母橋の袂は既に掃除され、争った跡や飛び散った血は消されていた。

此処か……。

和馬は、辺りを見廻した。

雲母橋、西堀留川沿いの伊勢町の通り、辻の小料理屋……。

「仏を見付けたのは……」

「あの小料理屋の娘が暖簾を仕舞いに出て来て気が付いたそうです」

幸吉は、開店前の小料理屋を示した。

「千鳥か……」

和馬は、腰高障子に書かれた屋号を読んだ。

「娘に逢ってみますか……」

「うん……」

和馬と幸吉は、小料理屋『千鳥』に向かった。

「邪魔するよ」

幸吉と和馬は、小料理屋『千鳥』に入った。

「はい……」

板場から亭主の清作が出て来た。

「やあ。清作さん……」

「こりゃあ、柳橋の親分さん」

「清作さん、此方は南の定町廻りの神崎の旦那ですよ」

「それはそれは、千鳥の主の清作です」

「うん。昨夜は驚いただろうね」

「そりゃあもう……」

「して、娘のおかよが見付け、お前さんが出て行ったんだね」

「はい。そして、仏を見付け、通り掛かった木戸番の吉兵衛さんと気を失って倒れていた大工の佐吉に気が付いたんです」

清作は告げた。

「そうか……」

自身番から来る途中、幸吉に聞いた話の通りだ。

「はい……」

「その時、他には誰もいなかったんだな」

「はい。誰もいませんでした」

清作は頷いた。

「旦那……」

「うん。どうやら、大工の佐吉が仏を殺ったのに間違いないようだな」

和馬は見定めた。

「違います……」

おかよの緊張した声がした。

和馬、幸吉、清作は振り返った。

おかよが、緊張した面持ちで佇んでいた。

「おかよ……」

清作は、おかよに戸惑った眼を向けた。

「娘のおかよか……」

「は、はい……」

清作は、微かな不安を過らせた。

「何が違うんだい……」

「私が暖簾を仕舞いに出た時……」

おかよは、緊張に声を震わせた。

和馬と幸吉は、おかよの次の言葉を待った。

「男の人が、男の人が逃げて行きました……」

おかよは、喉を鳴らし、思い切ったように告げた。

「男が逃げて行った……」

和馬は訊き返した。

「はい……」

おかよは、硬い面持ちで頷いた。

「ならば、どんな男だ……」

「背の高い瘦せた半纏を着た男です……」

おかよは、懸命に和馬を見詰めた。

「おかよ……」

清作は、不安を浮かべた。

「ですから、半纏を着た男の人を殺したのは、佐吉さんじゃあなくて、その男の人かもしれません……」

おかよは、声を震わせた。

「よし、おかよ、逃げた男の人相風体を詳しく話して貰おうか……」

和馬は、おかよを見詰めた。

「旦那……」


「半纏を着た男を殺したのは大工の佐吉ではなく、背の高い瘦せた半纏を着た男かもしれない……」

和馬と幸吉は、おかよに問い質した。

「で、その男には他に何か此れと云って目立つ処はなかったかな」

和馬は尋ねた。

「他に目立つ処ですか……」

「ああ。何でも良い。あったら教えてくれないかな」

幸吉は笑い掛けた。

「はい。そう云えば、その男《ひと》、鋭い眼で私を睨んで行きました」

おかよは、その時の恐ろしさが蘇ったのか、俯《うつむ》き加減で告げた。

「そうか。じゃあ、そいつの顔は、見れば分かるね」

幸吉は訊いた。

「えっ。は、はい……」

おかよは、戸惑いを浮かべながら頷いた。

「良く分かった。おかよ、又何か思い出したら報せてくれ」

和馬は、おかよに笑い掛けた。


和馬と幸吉は、雲母橋の袂に佇み、小料理屋『千鳥』を眺めた。

小料理屋『千鳥』は静けさに包まれていた。

「背の高い痩せた半纏を着た男ですか……」

「そして、眼付きの鋭い男……」

「信用出来ますかね」

幸吉は眉をひそめた。

「さあて、そいつは何とも云えないが、仏を見付けたおかよが云うなら、調べぬわけにはいかないだろう」

和馬は苦笑した。

「和馬の旦那、親分……」

勇次が駆け寄って来た。

「おう。勇次か……」

「こっちに廻ったと自身番の人に聞きましてね。仏の身許が割れましたよ」

勇次は、声を弾ませた。

「そうか。何処の誰だった……」

「博奕打ちの為五郎《ためごろう》。浅草は聖天《しょうでん》一家の者でした」

勇次は報せた。

「浅草聖天一家の博奕打ちの為五郎か……」

和馬は眉をひそめた。

「勇次。殺された為五郎、昨日はどうしていたんだい……」

幸吉は訊いた。

「そいつなんですがね。為五郎、昨日の昼過ぎに聖天一家を出て行き、そのまま帰って来なかったとか……」

勇次は眉をひそめた。

「何処に行ったのか、誰も知らないのか……」

「はい。一家の者たちはそう云っておりますが、相手は海千山千の博奕打ち。何処迄信用出来るか……」

勇次は苦笑した。

「先ず、信用出来ないな」

幸吉は頷いた。

「ええ。それで、新八と清吉を聖天一家の見張りに付けました」

「そうか……」

「で、何か分かりましたか……」

勇次は尋ねた。

「ああ。仏を見付けた小料理屋千鳥のおかよが、逃げて行く男を見掛けたと云い出したよ」

幸吉は告げた。

「逃げて行く男……」

勇次は眉をひそめた。

「ああ。背の高い痩せた半纏を着た眼の鋭い男だそうだ」

和馬は告げた。

「背の高い痩せた半纏を着た、眼の鋭い男ですか……」

「ああ……」

和馬は頷いた。

「よし。勇次、雲海坊《うんかいぼう》と由松《よしまつ》を呼んでくれ」

幸吉は命じた。

「はい。じゃあ……」

勇次は、和馬と幸吉に会釈をして駆け去った。

「よし、柳橋の、俺は秋山さまに此の一件を報せるよ」

「分かりました。あっしは、殺された博奕打ちの為五郎と、大工の佐吉を詳しく調べてみます」

和馬と幸吉は別れた。


柳橋の船宿『笹舟《ささぶね》』は、神田川から吹き抜ける風に暖簾を揺らしていた。

幸吉が帰った時、勇次が既に雲海坊と由松を呼んで来ていた。

「おう。御苦労さん……」

幸吉は、雲海坊、由松、勇次を居間に招いた。

「聖天一家の博奕打ちの為五郎殺し。ざっとの事は勇次に聞きましたぜ」

雲海坊は告げ、由松は頷いた。

「そうか。それでな……」

幸吉は、今迄に分かった事の何もかもを話した。

「博奕打ちの為五郎、大工の佐吉、背の高い痩せた眼付きの鋭い男ですか……」

雲海坊は眉をひそめた。

「ああ……」

幸吉は頷いた。

「博奕打ちの為五郎、どんな奴で何をしていたのかですね」

由松は眉をひそめた。

「うん。由松、その辺りを新八と探ってみてくれ……」

幸吉は命じた。

「承知……」

由松は頷いた。

「勇次、お前は清吉と背の高い痩せた眼の鋭い男を探すんだ」

「はい……」

「雲海坊は、大工の佐吉と小料理屋千鳥のおかよをな……」

幸吉は小さく笑った。

「心得た……」

雲海坊は頷いた。

南町奉行所は非番であり、表門を閉じて人は脇門から出入りしていた。

「秋山さま……」

和馬は、久蔵の用部屋を訪れた。

「おう、入りな……」

久蔵は、書類を見たまま告げた。

「お邪魔します」

和馬は、用部屋に入って座った。

「雲母橋の袂で殺しがあったそうだな……」

久蔵は、書類をとじて振り向いた。

「はい。殺されたのは浅草は聖天一家の為五郎と申す博奕打ちでして……」

和馬は、分かった事を詳しく報せた。

「じゃあ、今の処、殺ったと思われる奴は大工の佐吉と、背が高くて痩せた眼の鋭い野郎のどっちかか……」

久蔵は眉をひそめた。

「はい……」

和馬は頷いた。

「和馬、為五郎殺し、鍵を握っているのは小料理屋千鳥のおかよかもな……」

久蔵は苦笑した。

「おかよですか……」

和馬は、戸惑いを浮かべた。

「ああ……」

久蔵は頷いた。

非番の南町奉行所は、月番の時に扱った仕事の始末をしている所為《せい》か静けさに満ちていた。

二

浅草聖天町は花川戸町の通りを進み、浅草寺の裏手、山谷堀近くにあった。

その聖天町に、博奕打ちの徳三《とくぞう》が貸元の聖天一家はあった。

由松は清吉と交代し、新八と聖天一家を見張り始めた。

「で。新八、聖天一家の貸元の徳三は、為五郎が殺されたのを何て云っているんだい」

由松は、三下が店先の掃除をしている聖天一家を眺めながら尋ねた。

「貸元の徳三は、何も知らないと云っていましてね。為五郎は、誰かの恨みを買って殺された。聖天一家は何の拘わりもないと抜かしていますよ」

新八は、腹立たし気に吐き棄てた。

「貸元の徳三か……」

掃除をしていた三下が呼ばれ、店の中に戻って行った。

「ええ。野郎、為五郎に何かをさせていたんですよ」

新八は読んだ。

三下が店から出て来た。

「よし。三下をちょいと締め上げてみるか……」

由松は、楽しそうな笑みを浮かべた。

三下は、通りを山谷堀に掛かっている今戸橋に向かった。

「よし。聖天一家を頼む、ちょいと行って来るぜ……」

「合点です」

新八は笑った。

由松は、三下を追った。


勇次と清吉は、雲母橋一帯に背の高い瘦せた半纏を着た男を捜した。

しかし、背の高い瘦せた半纏を着た男など、世間には掃いて棄てる程いる。

「今の手掛かりだけじゃあ、捜しようもないな……」

勇次は、吐息を洩らした。

「ええ。勇次の兄貴、こうなったら千鳥のおかよに似顔絵を作って貰ったらどうでしょう」

清吉は告げた。

「似顔絵か……」

「ええ。こう手掛かりがなけりゃあ……」

「それしかないか。よし……」

勇次は頷き、似顔絵作りの手配を始める事にした。

神田連雀町《れんじやくちょう》の大工『大松』の作業場では、若い大工たちが鋸《のこぎり》や鑿《のみ》の音を立てていた。

雲海坊は、大工『大松』の棟梁松吉《まつきち》を訪れた。

棟梁松吉は、托鉢《たくはつ》坊主の雲海坊が訪れたのに戸惑いを浮かべた。

「お坊さまが何か……」

「棟梁、拙僧、実は……」

雲海坊は、苦笑しながら己の素性を囁いた。

「そうでしたかい。柳橋の親分さんの身内でしたか……」

「ええ……」

「じゃあ、うちの小頭の佐吉の事ですか……」

松吉は、白髪眉をひそめた。

「ええ。あの日、佐吉は何をしていたんですかい……」

雲海坊は尋ねた。

「あの日は、不忍池の畔《ほとり》の普請場で建前がありましてね。酒好きの佐吉、つい飲み過ぎて帰りに何処かの飲み屋に寄ったようでしてね。本当に馬鹿な真似をしましたよ。腕の良い大工なのに……」

松吉は、悔し気に告げた。

「佐吉、酒癖は悪かったのですか……」

「ええ。酒は強かったと思いますが、飲み過ぎると喧嘩早くなりましてね」

松吉は、吐息を洩らした。

「喧嘩早くねえ……」

「ええ。だから、酒を飲むなら馴染の店で徳利二本迄にして置けと、煩く云っていたんですがねえ……」

「馴染の店ってのは……」

「佐吉の住んでいる長屋、雲母橋の近くにありましてね。その雲母橋の袂にある千鳥って小料理屋ですよ」

「やっぱり千鳥ですか……」

「ええ。千鳥の旦那と娘のおかよちゃん、その辺りを心得ていて、上手くやってくれていたんですがねえ……」

松吉は、深々と溜息を吐いた。

「そうですか……」

雲海坊は頷いた。

大番屋の仮牢は薄暗かった。

大工の佐吉は、壁に寄り掛かって頭を抱えていた。

「どうだ、佐吉、酔いは醒めたか……」

仮牢の格子の外に幸吉がいた。

「こりゃあ。親分さん……」

佐吉は、溜息混じりに幸吉に頭を下げた。

「で、何か思い出したか……」

幸吉は、格子の外にしゃがみ込んだ。

「そいつが、建前で酒を飲んで、お開きになり、不忍池で顔を洗った。そこ迄なんですよ。思い出すのは……」

佐吉は、膝を揃えて哀し気に項垂れた。

「じゃあ、博奕打ちの為五郎を刺し殺したのは勿論、逢った事も覚えちゃあいないのか」

「はい、申し訳ありません」

佐吉は、涙声で詫びた。

「ま、お前さんに詫びられる筋合いでもないんだが……」

幸吉は苦笑した。

「すみません……」

「佐吉、此のままじゃあ、酒に酔って正体をなくし、為五郎と喧嘩になり、刺し殺した事になっても文句は云えない。そいつが嫌なら、何でも良いから思い出すんだな」

幸吉は告げた。

「はい……」

高窓から差し込む斜光は埃を巻いた。

隅田川は深緑色で流れ、様々な船が行き交っている。

浅草橋場町には様々な寺があり、中には家作を賭場として博奕打ちの貸元に貸す貧乏寺もあった。

聖天一家の三下は、古い小さな寺から出て来た。

「賭場を開帳する日でも報せに来たのか……」

由松が、崩れかけた土塀の陰から現れた。

「何だい、お前さん……」

三下は立ち止まり、由松を睨み付けた。

「殺された博奕打ちの為五郎、何をしていたんだい……」

由松は、三下を見据えて近付いた。

「し、知らねえ」

三下は、由松の素性に気が付いたのか声を震わせた。

刹那、由松は三下の頰を平手打ちをした。

三下は、土塀に飛ばされた。

「一人前に惚けず、知っている事を話すのが身の為だぜ」

由松は脅した。

「は、はい。為五郎の兄貴は博奕の鴨を捜していて、昨夜は借金を作らせた室町《むろまち》の呉服屋の若旦那が本物かどうか、調べに行っていた筈です」

「その呉服屋の若旦那ってのは、何処の誰だ」

「大倉屋って呉服屋の喜助《きすけ》って若旦那です」

「そいつが本当なら、貸元の徳三、若旦那に博奕の借金を背負わせて金蔓《かねづる》にしようって魂胆か……」

由松は読み、苦笑した。

「は、はい……」

三下は、観念したように項垂れた。

「で、為五郎は室町の大倉屋に行き、近くの雲母橋で殺されたか……」

由松は知った。

「はい」

「よし。此の事は徳三たちに云うんじゃあないぞ。云えば、お前が殺される」

由松は告げた。

「は、はい……」

三下は、満面に恐怖を浮かべた。

「俺の事は忘れろ。俺もお前を忘れる……」

由松は笑った。

「はい……」

三下は、喉を鳴らして頷いた。

「じゃあな……」

由松は、軽い足取りで立ち去った。

自身番の奥の三畳の板の間では、おかよが絵師と向かい合っていた。

背が高くて瘦せた眼付きの鋭い男……。

絵師は、おかよの言葉通りに筆を動かして頰の削《そ》げた眼付きの鋭い男の顔を描いた。

勇次と清吉は見守った。

「此れでどうかな……」

絵師は、おかよに描き上がった似顔絵を見せた。

「は、はい……」

おかよは、描かれた男の顔を見た。

描かれた顔の男は、小料理屋『千鳥』に人を捜して来た派手な半纏を着た男にそっくりだった。

「どうだい、おかよさん……」

勇次は、おかよに返事を促《うなが》した。

「はい。此の人です」

おかよは、喉を鳴らして躊躇いがちに頷いた。

「間違いないね」

勇次は念を押した。

「はい……」

おかよは、思い切ったように頷いた。

「よし。清吉、此奴を彫師に版木に彫って貰って摺り、界隈の自身番と木戸番に撒くんだ」

勇次は命じた。

「合点です」

清吉は、似顔絵を持って伊勢町の自身番から駆け出して行った。

「御苦労だったね、おかよさん。助かったよ」

勇次は、おかよを労った。

「いいえ……」

おかよは、疲れたように俯いて頷いた。

似顔絵は、彫師に版木に彫られ、摺師によって何枚も摺られて江戸の町の自身番と木戸番に撒かれた。

背の高い痩せた眼付きの鋭い男は、見付かるのか……。

勇次と清吉は、似顔絵を手にして背が高く痩せた眼付きの鋭い男を捜した。

由松は、幸吉に報せた。

「じゃあ、殺された博奕打ちの為五郎、博奕で借金を作らせた若旦那が、本当に室町の呉服屋大倉屋の若旦那の喜助かどうか、見定めに行っていたのか……」

幸吉は眉をひそめた。

「ええ。為五郎、もしそれで殺されたとしたなら、博奕で借金を作った若旦那が拘っているのかも……」

由松は、厳しい面持ちで読んだ。

「呉服屋の大倉屋の若旦那の喜助か……」

幸吉は眉をひそめた。

「ええ。それで呉服屋大倉屋に喜助って若旦那がいるかどうか、調べたんですが……」

「いたか……」

「はい。十九歳の放蕩息子、悪辣《あくらつ》な博奕打ちの鴨には持って来いの奴ですぜ」

由松は苦笑した。

「そうか。じゃあ、おかよが見たって背の高い痩せた野郎、呉服屋大倉屋の若旦那の喜助と拘わりがあるかもな……」

　幸吉は読んだ。

「はい……」

　由松は頷いた。

「よし。勇次に報せるが、由松、聖天一家は新八に任せて、大倉屋の若旦那の喜助を洗ってみてくれ」

「承知……」

　由松は頷いた。


　不忍池の畔の建前の現場からの、大工佐吉の足取り……。

　雲海坊は、佐吉の足取りを追った。

　明神下の通り……。

　昌平橋に神田八つ小路……。

　酔っ払った大工の佐吉は、木戸番、行商の鋳掛屋《いかけや》、易者、物乞いなどいつも決まった場所で商売をしている者たちに見掛けられていた。

雲海坊は、酔っ払った佐吉が屋台の立ち飲み屋などに寄り、未だ酒を飲み続けていたのを知った。

いつ迄も酒を……。

雲海坊は、大工佐吉の酔っ払い振りに呆れながらも足取りを追った。

「似た奴を知っているだと……」

勇次は、両国広小路の地廻りの米助《よねすけ》を見据えた。

「ええ。似顔絵に描かれた背が高くて痩せた眼付きの鋭い野郎、博奕打ちの源八《げんぱち》って奴にそっくりなんですぜ」

米助は笑った。

「勇次の兄貴……」

清吉は勇んだ。

「ああ。博奕打ちの源八、どんな奴なんだ」

「ま、博奕打ちは博奕打ちなんですがね。金になれば何でもやる奴ですよ」

米助は、吐き棄てた。

「殺しもか……」

清吉は身を乗り出した。

「そいつは、金次第ですぜ」

米助は、狡猾さを過らせた。

「よし、米助、その博奕打ちの源八、何処に住んでいる」

勇次は尋ねた。

「確か三河町の梅の木長屋だったと聞いていますよ」

「三河町の梅の木長屋か……」

「ええ……」

米助は頷いた。

「勇次の兄貴……」

「清吉、三河町の梅の木長屋だ……」

「合点だ」

勇次と清吉は、三河町に急いだ。

室町三丁目の呉服屋『大倉屋』は繁盛していた。

由松は、呉服屋『大倉屋』の若旦那喜助の人柄と身辺を調べた。

若旦那の喜助は、噂通りの放蕩息子で飲む、打つ、買うの三拍子が揃っていた。

博奕の借金の所為で金蔓にされそうになった喜助は、脅しを掛けて来た博奕打ちの為五郎を人を雇って殺させたのかもしれない。

由松は読み、若旦那の喜助の周囲にいる者を調べる事にした。


夕陽は外濠鎌倉河岸の水面に映えた。

勇次と清吉は、鎌倉河岸を通って三河町の梅の木長屋に急いだ。

梅の木長屋は、木戸に梅の古木のある古い長屋だった。

「此処だな、梅の木長屋……」

勇次は、井戸端で二人のおかみさんが晩飯の仕度をしている梅の木長屋を眺めた。

「源八の事、ちょいと訊いてみますか……」

「ああ……」

清吉と勇次は、井戸端のおかみさんたちに近寄った。

二人のおかみさんは、清吉の見せた頬の削げた鋭い眼付きの男の似顔絵を覗き込んだ。

「あら、博奕打ちの源八だ……」

「ほんと。上手く描けているわね」

二人のおかみさんは声を揃えた。

「そんなに似ていますか……」

「ああ。此の頬と眼付き、そっくりだよ」

おかみさんたちは感心した。

「で、家は何処ですかい……」

勇次は尋ねた。

「木戸を入って直ぐの家だけど、さっき出掛けたよ」

「出掛けた……」

「ええ、賭場にでも行ったんじゃあないのかい、ねえ……」

「きっと、そうだよ。ねえ……」

二人のおかみさんは、自分たちの言葉に頷いた。

「勇次の兄貴……」

「ああ。張り込むしかないかな」

勇次は眉をひそめた。
梅の木長屋は、夕暮れに覆われた。
呉服屋『大倉屋』は大戸を閉めた。
若旦那の喜助が出掛けるかもしれない……。
由松は見張った。
時が過ぎた。
呉服屋『大倉屋』から通いの奉公人たちが帰り始めた。
通いの奉公人たちの中に、羽織を着た若い男がいた。
若旦那の喜助……。
由松は見定めた。
若旦那の喜助は、通りを足早に日本橋に向かった。
よし……。
由松は、喜助を尾行た。
夜の通りに行き交う人は少なかった。
喜助は、日本橋に進んだ。

日本橋川には月影が揺れていた。

喜助は、日本橋の北詰に向かった。

由松は、暗がり伝いに尾行た。

喜助は、日本橋の北詰に立ち止まり、辺りの暗がりを見廻した。

誰かを捜している……。

由松は睨んだ。

「若旦那……」

暗がりから喜助を呼ぶ声がした。

「才次《さいじ》かい……」

喜助は、声のした暗がりに呼び掛けた。

「はい……」

小柄な男が、暗がりから現れた。

「待たせたね……」

「いいえ。じゃあ、此方に……」

才次と呼ばれた小柄な男は、喜助を誘《いざな》って日本橋川沿いの道を江戸橋に向かった。

由松は追った。

雲母橋を行き交う人は途絶えた。

小料理屋『千鳥』は軒行燈を灯し、暖簾を夜風に揺らしていた。

店に馴染客は来ていなく、清作とおかよが手持無沙汰な面持ちでいた。

「御隠居も親方も来ないわね……」

「ま、目の前であんな人殺しがあったばかりだ、物騒だからな」

清作は、茶を淹《い》れて飲んだ。

「ええ。仕方がないわね」

「うん。おかよ、今夜はもう店仕舞いだ。暖簾を仕舞いな」

おかよは、返事をして戸口に向かった。

おかよは、軒行燈を消して暖簾を片付けた。

雲母橋の袂に男が佇んでいた。

おかよは、男を見た。

男は背が高くて痩せており、鋭い眼差しでおかよを睨み付けていた。

あっ……。

おかよは、恐怖に激しく衝き上げられた。

背が高く痩せた男は、嘲笑を浮かべて闇に消えた。

おかよは、しゃがみ込んで震えた。

三

「して、大工の佐吉は、博奕打ちの為五郎殺しを思い出したか……」

久蔵は尋ねた。

「いいえ。相変わらず何も思い出せないそうです」

和馬は苦笑した。

「雲海坊が当日の佐吉の足取りを辿り、見掛けた者に訊いたそうですが、佐吉、酷く酔っていた挙句、未だ酒を飲んでいたとか……」

幸吉は告げた。

「そんなに酷かったのか……」

久蔵は苦笑した。

「雲海坊に云わせれば、よたよたのべろべろ。あれで人を殺したとは大したもんだと……」

幸吉は、呆れたように告げた。

「雲海坊がそう云ったのか……」

「はい……」

「そうか……」

「して、柳橋の。殺された為五郎が何をしていたかは、どうだったんだ」

和馬は訊いた。

「由松によれば三下の云った通りらしく、由松、呉服屋大倉屋の喜助って若旦那に張り付いています」

「呉服屋大倉屋の若旦那の喜助か……」

和馬は眉をひそめた。

「柳橋の、似顔絵の男はどうした」

久蔵は尋ねた。

「いました」

「はい。両国広小路の地廻りが知っていましてね。博奕打ちの源八って奴で、勇次と清吉が住まいの三河町の長屋を見張っていますが出掛けたままだそうです」

幸吉は報せた。

「博奕打ちの源八か……」

久蔵は訊き返した。

「はい……」

幸吉は頷いた。

「大工の佐吉と博奕打ちの源八……」

久蔵は眉をひそめた。

浅草聖天一家の土間では、三下たちが賽子《さいころ》遊びをしていた。

新八は、物陰から見張っていた。

「新八……」

幸吉が現れた。

「こりゃあ、親分……」

「いた……」

「変わった動きはないようだな」

幸吉は、聖天一家を眺めた。

「はい。貸元の徳三や博奕打ちものんびりしたもんですよ」

新八は苦笑した。

「のんびりしているか……」

「ええ。為五郎が殺され、慌てて動いて尻尾を摑まれるのを恐れ、熱《ほとぼり》が冷めるのを待つ気なのかもしれません」

新八は読んだ。

「うん、おそらくな。よし、新八、此処はもういい。勇次たちと博奕打ちの源八を追ってくれ」

「博奕打ちの源八ですか……」

新八は眉をひそめた。

鎌倉河岸には荷船が通り、岸壁に小波《さざなみ》が繰り返し寄せていた。

梅の木長屋のおかみさんが、幼子を連れて買い物から帰って来た。そして、三河町に入り、梅の木長屋に向かった。

通りの路地に源八が潜み、梅の木長屋を窺っていた。

「あら、源八……」

おかみさんは、思わず声をあげた。

源八は、おかみさんに気が付き、路地の奥に走り込んだ。

勇次と清吉は、梅の木長屋の物陰に潜んで源八の帰りを待っていた。

「源八だよ……」

おかみさんは、幼子の手を引いて木戸から駆け込んで来た。

勇次と清吉は、物陰から飛び出した。

「源八がいたよ。源八が……」

おかみさんは喚《わめ》いた。

「何処に……」

勇次は訊いた。

「通りの路地だよ……」

おかみさんは、勇次と清吉に叫んだ。

「清吉……」

勇次と清吉は、梅の木長屋の外に駆け出して行った。

勇次と清吉は、梅の木長屋の周辺に博奕打ちの源八を捜し廻った。

鎌倉河岸に人通りは少なかった。

勇次と清吉は、鎌倉河岸で落ち合った。

「逃げられたか……」

勇次は、息を弾ませた。

「どうやら。勇次の兄貴、源八の野郎、逃げた処をみると、為五郎を殺したんですかね」

清吉は、戸惑いを浮かべた。

「そいつは、未だなんとも云えないな」

勇次は、厳しさを滲ませた。

「勇次の兄貴、清吉……」

新八が、駆け寄って来た。

小料理屋『千鳥』は、腰高障子を閉めて開店の仕度をしていた。

雲海坊は、雲母橋の北詰に佇んで経を読み、托鉢をしていた。

小料理屋『千鳥』の腰高障子が僅かに開き、若い女が顔を出した。

娘のおかよ……。

雲海坊は睨み、おかよを見守った。

おかよは、怯えた眼差しで辺りを見廻した。

怯えているのか……。

雲海坊は戸惑った。

おかよは、辺りに不審はないと見定めて外に出た。そして、『千鳥』の腰高障子を閉めて小走りに雲母橋に向かった。

雲海坊は経を読んだ。

おかよは、雲海坊に駆け寄って頭陀袋《ずだぶくろ》にお布施を入れた。

雲海坊は、会釈をして経を読んだ。

おかよは、手を合わせて何事かを呟《つぶや》き、小走りに小料理屋『千鳥』に戻って行った。

雲海坊は、経を読みながら見送った。

そう云う事か……。

雲海坊は、おかよの呟いた言葉を聞き取り、小さな笑みを浮かべて経を読み続けた。

呉服屋『大倉屋』は繁盛していた。

由松は、斜向かいの甘味処で茶を啜りながら見張っていた。

「やっぱり、此処か……」

幸吉は、由松が呉服屋『大倉屋』を見張る場所を読み、甘味処に入って来た。

「こりゃあ。親分……」

由松は迎えた。

幸吉は、店の者に茶を頼んで由松の隣に腰掛けた。

「どうだ。若旦那は……」

「昨夜、才次って遊び人と浜町河岸にある大名屋敷の中間《ちゆうげん》長屋の賭場に行きましてね」

由松は告げた。

浜町河岸には大名家の中屋敷が多く、中間長屋では賭場を開く処があった。

「明け方迄、遊んでいましたよ」

由松は苦笑した。

「聖天の徳三や為五郎に狙われても仕方がないか……」

幸吉は読んだ。

「ええ。良い鴨ですよ」

「で、才次って遊び人、どんな奴だ」

「狡賢《ずるがしこ》くてすばしっこそうな、小柄な野郎ですよ」

由松は睨んだ。

「へえ、そんな野郎か……」

「ええ……」

幸吉と由松は、斜向かいの呉服屋『大倉屋』を眺めながら話を続けた。

鎌倉河岸、神田三河町から神田八つ小路……。

勇次、清吉、新八は、範囲を広げて博奕打ちの源八を捜し廻った。だが、源八は見付からなかった。

勇次は、源八捜しを清吉と新八に任せ、梅の木長屋に戻った。

梅の木長屋の井戸端には誰もいなく、静けさに満ちていた。

勇次は、木戸近くの源八の家の腰高障子を開けた。

腰高障子は開いた。

勇次は、源八の家に入った。

家の中は狭くて薄暗かった。

勇次は家を調べた。

壁際に敷かれたままの粗末な蒲団、着替えの入った柳行李、小さな手炙《てあぶ》り、空の一升徳利、欠け茶碗……。

独り者の博奕打ちの家だ。

勇次は、柳行李の中や粗末な蒲団の下を調べた。

蒲団の下から、折り皺の付いた手紙が出て来た。

手紙には、女文字で『榊京一郎《さかききょういちろう》さま、琴《こと》……』と書かれていた。

勇次は、手紙を開いて読んだ。

「こいつは……」

勇次は、その顔に厳しさを浮かべた。

夕暮れ時。

柳橋の船宿『笹舟』は、夜の舟遊びを楽しむ客で賑わい始めた。

女将《おかみ》のお糸《いと》は、仲居や船頭たちと忙しく働いていた。

幸吉は、勇次の持って来た手紙を読んだ。

「此奴は恋文じゃあないか……」

幸吉は戸惑った。

「ええ。それも旗本の浅井《あさい》琴って奥方さまが、榊京一郎って旗本に出した恋文です」

勇次は頷いた。

「此奴が博奕打ちの源八の家にあったのか……」

幸吉は眉をひそめた。

「はい。万年蒲団の下に……」

「そうか……」

「親分、此奴が本物なら、旗本と奥方の不義密通の確かな証拠です。そんな物がどうして源八の処にあったのか……」

勇次は、厳しさを滲ませた。

「よし、先ずは榊京一郎って旗本と浅井琴って旗本の奥方が本当にいるか。和馬の旦那に調べて貰う」

「はい……」

「で、勇次、源八は逃げ廻っているんだな」

「はい。今、清吉と新八が捜しています」

「そうか……」

「それにしても親分、仮に源八が為五郎を殺したのなら、どうしてですかね」

勇次は眉をひそめた。

「うん。分からないのは、そこなんだな……」

幸吉は頷いた。

居間には、芸者の弾く三味線の音が洩れて来ていた。

湯島天神門前町の盛り場は賑わっていた。

新八と清吉は、酔客や酌婦たちに源八の似顔絵を見せ、捜し歩いた。だが、源八は見付からなかった。

日本橋の通りは昼間の賑わいも消え、提灯を持った者が僅かに行き交っていた。

由松は、甘味処の軒下に潜み、斜向かいの呉服屋『大倉屋』を見張り続けていた。

遊び人の才次も現れず、若旦那の喜助は出掛けるつもりはないようだ。

博奕打ちの為五郎が殺されて聖天一家も手を引き、若旦那の喜助は安堵した筈だ。

一番喜んでいるのは若旦那の喜助……。

由松は読んだ。

大工の佐吉が泥酔し、偶々《たまたま》為五郎と喧嘩になって殺した。もし、そうなら若旦那の喜助は、大工の佐吉に大いに感謝しなければならないのだ。

為五郎に対する殺意は、佐吉より喜助にあった筈だ。

小柄な男が路地から現れ、呉服屋『大倉屋』の前に佇んだ。

誰だ……。

由松は見守った。

小柄な男は、呉服屋『大倉屋』を窺い、周囲を見廻した。

才次……。

由松は、小柄な男が遊び人の才次だと気が付いた。

才次は、呉服屋『大倉屋』に不審な事がないと見定めたのか、路地に戻って行った。

よし……。

由松は才次を追った。


才次は、裏通りから日本橋川に出た。

由松は慎重に尾行た。

才次は、日本橋川沿いを進み、西堀留川に掛っている荒布橋《あらめばし》を渡り、小網町に入った。そして、荒物屋の前で立ち止まり、尾行て来る者のいないのを見定め、傍の路地に素早く入った。

由松は暗がりから現れ、荒物屋の路地の奥を窺った。

路地の奥には、納屋を改築した小さな家があり、明かりが灯された。

遊び人の才次の塒《ねぐら》……。

由松は見定めた。

「恋文……」

和馬は、幸吉が持ち込んで来た手紙に眼を丸くした。

「ええ。浅井琴って旗本の奥方が榊京一郎って旗本に差し出した物のようです」

「して、此奴が博奕打ちの源八の家にあったのか……」

「はい。どうしてかは分かりませんがね。で、先ずは此の恋文が本物かどうか。和馬の旦那に調べて貰いたいのですが……」

「うむ。榊と云う苗字の旗本は少ないから榊京一郎、直ぐに分かるだろう。榊京一郎が分かれば、浅井琴も突き止められる筈だ」

和馬は頷いた。

「はい。お願いします」

「それにしても、博奕打ちの源八が、何故に旗本の奥方の不義密通の恋文を持っているのか……」

和馬は眉をひそめた。

「ええ。分からないのはそこなんですよ」

幸吉は、厳しい面持ちで頷いた。

日本橋瀬戸物町は、西堀留川に架かっている雲母橋を間にして伊勢町の向かい側にある。

雲海坊は、瀬戸物町の煙草屋を出て雲母橋に向かった。

雲母橋には幸吉が佇み、小料理屋『千鳥』を眺めていた。

「幸吉っつあん……」

雲海坊と幸吉は同じ歳であり、柳橋の弥平次《やへいじ》の許で若い頃から助け合って来た兄弟分だ。

「おう、雲海坊……」

幸吉は振り返った。

「昨夜、お客は馴染の二人だけだ」

雲海坊は、小料理屋『千鳥』を示した。

「そうか、気の毒に、殺しの所為で商売上がったりだな」

「ああ。で、何かあったか……」

「うん。似顔絵の男、博奕打ちの源八が逃げ廻っていてな。此処に来るかもしれない……」

幸吉は、厳しさを滲ませた。

「そうか……」

「で、こっちはどうだ」

「今の処、妙な奴は現れちゃあいないが、面白い事が分かったよ」

「面白い事……」

「ああ。千鳥の娘のおかよ。どうやら大工の佐吉と恋仲だそうだ」

雲海坊は、小さな笑みを浮かべた。

「おかよと佐吉が恋仲……」

幸吉は眉をひそめた。

「ああ。おかよ、托鉢をしていた俺の頭陀袋にお布施を入れ、手を合わせて佐吉さんを助けて下さいって呟いてね。藁《わら》にも縋る思いなんだろう……」

雲海坊は、おかよを哀れんだ。

「佐吉さんを助けてか……」

「ああ。それで、千鳥の馴染客の錺職の親方や煙草屋の隠居に訊き込んだのだが、皆知っていたよ」

「じゃあ、間違いないか……」

「ああ。幸吉っつあん、おかよ、ひょっとしたら佐吉を助けようとしているのかもな……」

雲海坊は睨んだ。

「佐吉を助けようとしている……」

幸吉は緊張した。

「ああ。きっとな……」

雲海坊は、笑みを浮かべて小料理屋『千鳥』を眺めた。


遊び人の才次は、荒物屋の路地の奥から出て来て警戒するように辺りを見廻した。

由松は、物陰に隠れて才次を見張った。

才次は、辺りに不審な者はいないと見定め、西堀留川に架かる荒布橋に向かった。

由松は追った。


一膳飯屋は空いていた。

才次は、店の奥で仕事に溢《あぶ》れた日雇い人足たちに酒を振舞い、賑やかに笑っていた。

由松は、戸口の傍に座って浅蜊《あさり》のぶっ掛け飯を食べていた。

「父っつあん。茶をくれ」

由松は、板場に告げた。

「あいよ」

老亭主が土瓶《どびん》を持って板場から現れ、由松の空になった湯飲茶碗に茶を注いだ。

才次たちの笑い声が賑やかにあがった。

「随分と羽振りの良い奴だな……」

由松は苦笑した。

「ああ。どうやら、結構な金蔓を摑んだようでしてね」

老亭主は苦笑した。

「へえ。金蔓か、そいつは羨ましいな……」

由松は、才次を窺った。

才次は、酒を飲んで楽し気に笑っていた。

由松は、苦笑しながら出涸《でが》らしの茶を啜った。

高窓から差し込む斜光は東から西に動き、壁に寄り掛かって項垂れている佐吉に近付いて来た。

大番屋の仮牢の外から、日本橋川を行き交う船の櫓の軋みが響いた。

刻が過ぎた。

高窓から差し込む斜光は、壁に寄り掛かって項垂れている佐吉を照らした。

佐吉は、はっとした面持ちで斜光の中に顔を上げた。

その眼は、斜光の眩しさにも拘わらず瞠《みは》られていた。

「俺じゃあない……」

佐吉は、眼を輝かせて格子に跳び付いた。

「誰か。柳橋の親分さんを呼んでくれ……」

佐吉は、必死の面持ちで叫んだ。

叫び声は大番屋に響き渡った。

四

柳橋の幸吉は、報せを受けて大番屋に駆け付けて来た。

大工の佐吉は、仮牢の格子の傍に膝を揃えて座っていた。

「佐吉……」

幸吉が、格子の外にやって来た。

「柳橋の親分さん……」

佐吉は、顔を輝かせて格子に取り付いた。

「佐吉、思い出したか……」

「はい。あの夜、あっしは建前で酒を飲み始め、だらしなく酔っ払って、千鳥に行こうと、雲母橋に来たら、男の人が倒れていて、駆け寄った時、不意に頭が痛くなって……」

佐吉は、眉根を寄せた。

「気を失ったか……」

幸吉は読んだ。

「はい……」

佐吉は、厳しい面持ちで頷いた。

「不意に頭が痛くなったのは、後ろから殴られたからかな」

「きっと……」

佐吉は頷いた。

「後ろから殴られたとなると、殴った奴の顔は見ちゃあいないんだな」

「はい……」

佐吉は、緊張した面持ちで頷いた。

「そうか……」

幸吉は、微かな落胆を過らせた。

「親分さん……」

佐吉は、幸吉に縋る眼差しを向けた。

「いいかい、佐吉。そのぐらいの事は、お前が思い出さなくても、誰でも思い付いている。此処はそれ以上の事を何でも良いから思い出すしかないんだぜ」

幸吉は、厳しい面持ちで告げた。

「はい……」

佐吉は、必死の面持ちで喉を鳴らして頷いた。

「そうか、佐吉、思い出したか……」

久蔵は頷いた。

「はい。酔って小料理屋の千鳥に向かい、雲母橋の袂に為五郎が倒れており、駆け寄った処、背後から頭を殴られ、気を失ったと……」

幸吉は告げた。

「それだけか……」

「はい。ですから、それ以上の事を思い出せと……」

「うむ。ま、泥酔していた佐吉が殺ったとは思えぬが、殺った者が他にいるとか、殺っていないと云う確かな証拠がない限り、大番屋から出すわけにはいかぬな」

「はい……」

「して、柳橋の。博奕打ちの源八はどうした」

「はい。勇次が清吉や新八と捜していますが、未だ逃げ廻っております」

「そうか。もし、源八が為五郎を殺ったとしたら理由は何かな……」

「そこが未だ良く分かりませんが、博奕打ち同士、いろいろあるのかもしれません」

幸吉は首を捻った。

「秋山さま、お邪魔します」

和馬が、久蔵の用部屋に入って来た。

「おう、どうした……」

「はい。柳橋が来ていると聞きまして……」

「和馬の旦那……」

「うん。源八の家にあった恋文だがな……」

和馬は、畳み皺の付いた手紙を差し出した。

「分かりましたか……」

「ああ。榊京一郎は本郷に屋敷のある二百石取りの旗本。浅井琴は小石川に住む三百石取りの旗本浅井英之《えいの》進《しん》の奥方だったよ」

「じゃあ、此の恋文は……」

「おそらく本物。不義密通の証だな」

和馬は苦笑した。

「恋文だと……」

久蔵は眉をひそめた。

「はい。源八の家にあった手紙です」

「源八、そんな物を持っていたのか……」

久蔵は眉をひそめた。

「はい……」

幸吉は頷いた。

「和馬、柳橋の。源八の野郎、ひょっとしたら強請を働いていたのかもしれぬな」

「強請……」

「ああ……」

「じゃあ、殺された為五郎も……」

「そいつは何とも云えないが、博奕打ちの源八、逃げ廻る理由、いろいろあるようだな」

久蔵は苦笑した。

清吉と新八は、地廻り明神一家の三下を湯島天神男坂の陰に突き飛ばした。

「何しやがる……」

三下は怒った。

「煩せえ。静かにしやがれ……」

清吉は、三下を張り飛ばした。

三下は、悲鳴をあげて倒れた。

「手前、昨夜、博奕打ちの源八と一緒だったそうだな……」

清吉は、倒れた三下の胸倉を鷲掴みにした。

「偶々だ。偶々、逢っただけだ」

「で、源八の野郎、何処にいる」

清吉は、三下を引き摺り上げた。

「し、知らねえ……」

三下は、苦し気に呻いた。

「じゃあ、源八、何をしていた」

新八は尋ねた。

「柳森神社の鳥居の前の屋台で酒を飲んでいたんだぜ」

「何か云っていたか……」

「ああ。小料理屋の娘に博奕打ちの為五郎殺しの下手人にされちまったと、怒っていたよ」

三下は笑った。

「小料理屋の娘に為五郎殺しの下手人にされただと……」

新八は訊き返した。

「ああ。源八の兄い。怒っていたぜ。ぶっ殺してやるって……」

「小料理屋の娘をか……」

「ああ……」

三下は、面白そうに笑った。

「新八……」

清吉は緊張した。

「ああ。小料理屋の娘ってのは、千鳥のおかよさんの事だな」

「うん。源八、おかよさんを狙っている……」

清吉は読んだ。

「清吉、此の事を勇次の兄貴に報せてくれ。俺は雲母橋に行く」

「承知、じゃあ……」

清吉は駆け出した。

「おう。此の事、他言は無用だぜ」

新八は、地廻りの三下を脅した。

西堀留川の水面は揺れ、雲母橋の南詰では雲海坊が経を読んでいた。

小料理屋『千鳥』は腰高障子を開け、おかよが店先の掃除をしていた。

雲海坊は、経を読みながらおかよを見張った。

おかよは、掃除を終えて店に入り、腰高障子を閉めた。

雲海坊は、経を読みながら小料理屋『千鳥』の周囲を窺った。

源八らしい男はいなかった。

「雲海坊さん……」

新八が駆け寄って来た。

「おう。どうした。新八……」

雲海坊は、饅頭笠《まんじゅうがさ》を上げた。

「源八、来ていませんか……」

新八は、緊張した面持ちで辺りを窺った。

「来ちゃあいないが、源八、どうした……」

「源八の野郎、おかよさんを殺すと狙っているようです」

「ほう。そいつは、どうしてだ」

雲海坊は眉をひそめた。

「何でも、おかよさんに為五郎殺しの下手人にされたと云っているそうです」

「やっぱりな……」

雲海坊は苦笑した。

「雲海坊さん……」

新八は戸惑った。

「新八、佐吉とおかよは恋仲なんだよ」

雲海坊は笑った。

西堀留川に夕陽が映えた。


小料理屋『千鳥』は明かりを灯し、暖簾は夜風に揺れていた。

雲母橋を通る人は途絶え、船着場には猪牙舟が繋がれていた。

何処かの寺が、亥の刻四つの鐘を打ち鳴らし始めた。

「毎度ありがとうございました」

おかよの声がした。

小料理屋『千鳥』の腰高障子が開き、煙草屋の隠居と錺職の親方が出て来た。

「毎度ありがとうございました」

おかよが現れ、隠居と親方を見送った。

「おう。又な、おかよちゃん……」

隠居と親方は、雲母橋を渡って行った。

「お気を付けて……」

おかよは見送り、軒行燈を吹き消し、暖簾を外して店に戻った。

路地から男が現れた。

男は、背が高く痩せていた。そして、鋭い眼付きで辺りを窺った。

博奕打ちの源八だった。

源八は、辺りに張り込む者がいないのを見定め、懐の匕首を握り締めて小料理屋『千鳥』に向かった。そして、『千鳥』の腰高障子を開けて踏み込んだ。

刹那、呼子笛の音が鳴り響いた。

船着場に繋がれていた猪牙舟の筵の下から勇次、新八、清吉が跳び出し、小料理屋『千鳥』に猛然と走った。

源八は匕首を握り締め、小料理屋『千鳥』から後退《あとずさ》りをして出て来た。

幸吉が十手を構え、追って出て来た。

源八は、幸吉、勇次、新八、清吉に囲まれた。

「博奕打ちの源八だな……」

幸吉は、源八を厳しく見据えた。

「手前……」

「岡っ引の柳橋の幸吉だ。神妙にしな」

幸吉は、冷たく告げた。

勇次、新八、清吉が間合いを詰めた。

「俺じゃあねえ。為五郎を殺したのは俺じゃあねえ」

源八は、嗄れ声を引き攣らせた。

「話は大番屋で聞かせて貰うぜ」

幸吉は、冷たく突き放した。

源八は、匕首を振り廻しながら後退りをし、身を翻《ひるがえ》した。

新八は、萬力鎖《まんりきぐさり》を振るった。

源八は、咄嗟に躱して体勢を崩した。

勇次が飛び掛かり、源八の匕首を握る腕を十手で鋭く打ち据えた。

源八は、匕首を落とした。

清吉は、鼻捻《はなねじ》で源八を殴り飛ばした。

源八は倒れた。

新八は、倒れた源八を蹴り飛ばした。

源八は、顔を醜く歪めて呻いた。

清吉と新八は、源八を押さえ付けて捕り縄を打った。

「此れ迄だぜ。源八……」

勇次は告げた。

おかよと清作が、雲海坊と共に『千鳥』から出て来た。

「手前、よくも為五郎殺しの下手人にしてくれたな。ぶっ殺してやる……」

源八は激しく踠き、おかよを険しく睨み付けて怒鳴った。

おかよは怯え、清作にしがみついた。

「静かにしろ……」

幸吉は、源八の喉元に十手を当てた。

「お、親分、俺じゃあねえ。俺は為五郎を殺しちゃあいねえ。あの女が嘘を吐いているんだ。嘘吐きなんだ」

源八は、必死の面持ちで叫んだ。

「源八、話は大番屋で聞く。勇次……」

「はい……」

勇次は、新八や清吉と源八を大番屋に引き立てた。

「ありがとうございました。親分さん……」

清作は、幸吉に頭を下げた。

「礼には及ばない。それより、おかよ……」

幸吉は、おかよを見据えた。

「申し訳ありません。私、私、嘘を吐きました……」

おかよは、その場にしゃがみ込んで泣き出した。

「お、おかよ……」

清作は狼狽《うろた》えた。

「恋仲の佐吉を助けたい一心で、背の高い瘦せた男が逃げて行ったと。嘘を吐いたんだね」

雲海坊は、おかよを哀れんだ。

「はい。申し訳ありません……」

おかよは泣いた。

「おかよ。仔細を聞かせて貰おうか……」

幸吉は苦笑した。

「そうか。博奕打ちの源八を捕らえたか……」

久蔵は頷いた。

「はい。源八は千鳥の娘が背の高い眼の鋭い男が為五郎を殺して逃げたと云っているのを知って怒り、おかよをぶっ殺してやろうと思ったそうです」

幸吉は告げた。

「源八は叩けば埃の舞う身。おかよのお蔭で役人に追われて狼狽え、逆上したか……」

久蔵は苦笑した。

「どうやら、そんな処ですか……」

「それにしても、おかよの証言、良く源八の人相風体と合ったものだな」

「それなんですが秋山さま、あの夜、源八の奴、人を捜して千鳥を訪れていましてね、おかよはその時の源八を想い出して、嘘の証言をしたそうです」

「成る程、それで、背の高い痩せた眼の鋭い男か……」

久蔵は苦笑した。

「はい……」

「ならば柳橋の、源八は誰を捜していたのだ」

「そいつは未だです」

「そうか。ま、何れにしろ、源八に為五郎を殺す理由はないか……」

久蔵は読んだ。

「はい。為五郎と揉めている事もなく、呉服屋大倉屋の若旦那の喜助を脅す件にも拘わってはおりません」

「そうか。大工の佐吉でも博奕打ちの源八でもないとなると……」

久蔵は、冷ややかな笑みを浮かべた。

「はい。為五郎が死に貸元の聖天の徳三が大人しくなって喜ぶ野郎が……」

幸吉は、厳しい面持ちで読んだ。

「うむ、おそらく間違いあるまい……」

久蔵は笑った。

「秋山さま、やあ、柳橋の……」

和馬が、久蔵の用部屋に入って来た。

「和馬の旦那……」

幸吉は、和馬に挨拶をした。

「はい。旗本の榊京一郎に恋文を出した浅井琴ですが、病で寝込んでおりました」

「どうした、和馬……」

「病……」

久蔵は眉をひそめた。

「はい、近所の旗本屋敷の奉公人たちの間では、琴は毒を飲んで自害しようとしたが、死に切れなかったと噂されていますよ」

和馬は報せた。

「自害しようとして死に切れなかった……」

「はい……」

「して、榊京一郎は如何しているのだ」

久蔵は尋ねた。

「取り巻きを連れて遊び歩いているとか……」

和馬は、腹立たし気に告げた。

「榊京一郎、そんな奴なのか……」

「はい。で、取り巻きの中には、背の高く痩せた博奕打ちもいたとか……」

和馬は、嘲笑を浮かべた。

「成る程、そう云う事か……」

久蔵は頷いた。

「秋山さま……」

「うむ。和馬、榊京一郎から眼を離すな。柳橋の、先ずは為五郎を殺した野郎だ……」

久蔵は冷笑した。


夜が更けた。

日本橋の通りは人通りが途絶えた。

呉服屋『大倉屋』の裏口から若旦那の喜助が現れ、物陰にいた小柄な遊び人の才次が駆け寄った。

喜助と才次は、短く言葉を交わして日本橋に向かった。

由松が暗がりから現れ、辺りを見廻して喜助と才次を尾行始めた。

日本橋川の流れは暗かった。

喜助と才次は、日本橋川沿いを西堀留川に架かっている荒布橋に進んだ。

浜町河岸の賭場に行くのか……。

由松は尾行た。

喜助と才次は、荒布橋を西詰から渡り始めた。

着流しの久蔵と幸吉が荒布橋の東詰に現れ、行く手を塞ぐように佇んだ。

喜助と才次は立ち止まり、久蔵と幸吉を怪訝に透かし見た。

「博奕遊び、今夜は諦めるんだな……」

由松が背後から告げた。

喜助と才次は、慌てて振り返った。

由松が佇んでいた。

「何だい、お前さん……」

才次は凄んだ。

「才次、手前、そこの喜助に頼まれて博奕打ちの為五郎を殺したな」

由松は云い放った。

「何だと……」

才次は、懐の匕首を握って身構えた。

次の瞬間、由松の左右に勇次、新八、清吉が現れた。

才次と喜助は怯んだ。

「才次、喜助、此れ迄だ。神妙にしな」

幸吉は、十手を見せて告げた。

「才次、どうする才次……」

喜助は、恐怖に震えて才次に縋り付いた。

「煩せえ……」

才次は、縋り付く喜助を由松に突き飛ばし、匕首を抜いた。

由松は、突き飛ばされて来た喜助を蹴り飛ばした。

喜助は、悲鳴を上げて倒れた。

清吉が跳び掛かった。

才次は、匕首を構えて由松に迫った。

刹那、勇次と新八が才次に目潰しを投げた。

目潰しは才次の顔に当たり、灰色の粉を撒き散らした。

才次は、激しく狼狽えた。

由松が跳び掛かり、角手《かくて》を嵌《は》めた手で才次の匕首を握る手首を摑んで捻り上げた。

才次は、角手に摑まれた手首から血を流し、匕首を落として呻いた。
由松は、才次を殴り飛ばした。
才次は転がり、敏捷に立ち上がって幸吉に向かって走った。
「才次……」
勇次と新八が追った。
才次は、幸吉の傍を素早く擦り抜けた。
次の瞬間、久蔵が足を飛ばした。
才次は、久蔵の足に引っ掛かり、前のめりに激しく倒れた。
勇次と新八が跳び掛かり、才次に捕り縄を打った。
「才次、手数を掛けさせるんじゃあねえ」
久蔵は苦笑した。

博奕打ちの為五郎を殺したのは、呉服屋『大倉屋』の若旦那の喜助に金で頼まれた遊び人の才次の仕業だった。
久蔵は、才次と喜助を死罪に処し、呉服屋『大倉屋』を闕所《けっしょ》にした。そして、大工の佐吉を放免し、嘘を吐いたおかよをお咎めなしにした。

佐吉は酒を止めると約束し、おかよは二度と嘘を吐かないと泣いて謝った。

佐吉を助けようとして吐いたおかよの嘘は、思わぬ強請の一件を闇の中から引き摺り出したのだ。

久蔵は苦笑した。

残るは博奕打ちの源八だった。


大番屋の詮議場には冷気が満ちていた。

久蔵に容赦はなかった。

博奕打ちの源八が、何もかも白状するのに刻は掛からなかった。


本郷御弓町《おゆみちよう》の旗本屋敷街は静かだった。

久蔵は、榊屋敷を訪れた。

榊京一郎は、久蔵を座敷に通した。

「南町奉行所吟味方与力の秋山久蔵どのか……」

榊は、不敵な笑みを浮かべた。

「左様。榊京一郎どのですな」

「うむ。して、用は……」

「源八と申す者が、或る旗本に届けられた恋文を渡され、差出人の旗本の奥方に百両で買い戻せと脅すように命じられたと申してな」

久蔵は、榊に笑みを浮かべて告げた。

「ほう、源八と申す者ですか……」

榊は惚けた。

「左様。御存知ですな……」

「さあ。知らぬと云ったら……」

「それなら、目付や評定所に訴え出ても構いませんな」

久蔵は苦笑した。

「秋山どの……」

榊は、顔を醜く歪めた。

「ならば、此れにて……」

久蔵は、刀を手にして立ち上がった。

刹那、榊は長押《なげし》の槍を取って久蔵に突き掛かった。

久蔵は、身体を捻って槍の穂先を躱し、太刀打ちを小脇に抱え込んだ。

「血迷ったか、榊京一郎……」

久蔵は、榊を厳しく見据えた。

「どうせ、切腹を命じられる身。道連れが秋山久蔵とは面白い……」

追い詰められた榊は、その眼を血走らせた。

「ならば、裏切られ弄ばれたと知って自害をしたが、死に損なった浅井琴に代わり、引導を渡してやろう」

久蔵は、小脇に抱え込んだ槍を引いた。

榊は、前のめりに踏鞴《たたら》を踏んだ。

久蔵は、心形刀流《しんぎょうとうりゅう》の鋭い一刀を放った。

閃光が眩しく走った。

第三話

瓜二つ

一

陽は西に大きく傾いた。

八丁堀の組屋敷街は、午後の静けさに覆われていた。

秋山大助《だいすけ》は、学問所の帰りに仲間と遊び、帰宅が遅くなり、小走りに岡崎町《おかざきちょう》の屋敷に急いでいた。

秋山屋敷が見えた。

父上より先に戻らなければ……。

大助は急いだ。

秋山屋敷の前には、二十五、六歳程の町方の女が佇んでいた。

「うん……」

大助は、二十五、六歳程の町方の女に気が付き、怪訝に足取りを緩めた。

町方の女は、開けられた表門から秋山屋敷内を真剣な面持ちで窺っていた。

「あの……」

大助は、躊躇いがちに声を掛けた。

町方の女は、驚いたように振り返った。

「秋山に何か用ですか……」

大助は尋ねた。

「えっ。いえ。御無礼致しました……」

町方の女は、大助に慌てて会釈をして小走りに離れた。

「あの……」

大助は戸惑った。

「こりゃあ、大助さま……」

老下男の与平《よへい》が杖を突き、妹の小春《こはる》と表門から出て来た。

「やあ。与平の爺ちゃん、只今、帰りました」

「お帰りなさい……」

与平は、皺だらけの顔を綻《ほころ》ばせて頷いた。

「遅いわよ、兄上。どうせ、学問所仲間と遊んで来たんでしょう」

小春は、大助の行動を見透かしていた。

「小春、お前なあ……」

「兄上、父上が帰る前に早く着替えた方がいいわよ、太市《たいち》さんが迎えに行って、そろそろ帰る頃だから」

小春は遮った。

「おう、そうか。こうしちゃあいられない」

大助は、慌てて屋敷に駆け込んで行った。

「流石《さすが》は大助さま。相変わらず賢い……」

与平は、皺の中の眼を細めて大助を見送った。

小春は笑った。


八丁堀は楓川《もみじがわ》と江戸湊を繋ぎ、千石船から下ろした荷を積んだ艀《はしけ》が行き交っていた。

南町奉行所吟味方与力の秋山久蔵は、下男の太市を従えて楓川に架かっている弾正橋《だんじょうばし》に向かった。

久蔵と太市が弾正橋を渡り始めた時、八丁堀沿いの道から二十五、六歳の町方の女が渡って来た。

久蔵は、太市を従えて進んだ。
二十五、六歳の町方の女は、久蔵に会釈をして足早に擦れ違った。
うん……。

久蔵は、立ち止まって町方の女を振り返った。

町方の女は、弾正橋を渡って楓川沿いを足早に日本橋川に向かった。

「旦那さま、あの女が何か……」

太市は、久蔵の視線を追った。

「太市、御苦労だが、あの町方の女、何処の誰か突き止めて来てくれ」

久蔵は、太市に一分銀を渡して命じた。

「心得ました。じゃあ……」

太市は、一分銀を懐に入れて町方の女を追った。

まさか……。

久蔵は眉をひそめた。

町方の女と太市は、楓川沿いの道を遠ざかって行った。

久蔵は見送り、八丁堀沿いの道を岡崎町の屋敷に向かった。


久蔵は、秋山屋敷の表門を入った。

「お帰りなさいませ、旦那さま……」

与平は、表門脇の腰掛で久蔵を迎えた。

「おう。与平、今帰った。大助はいるか……」

「はい。お帰りにございます」

「そうか。大助、急ぎ、表に参れ……」

久蔵は、屋敷に向かって怒鳴った。

「只今……」

屋敷内から怒鳴り声がし、大助が屋敷の式台から敏捷に飛び出して来た。

「父上、お帰りなさい」

大助は息を弾ませた。

「大助、表門を閉めて門番所に詰めろ」

久蔵は命じた。

「えっ。太市さんは……」

大助は戸惑った。

「太市は、俺の用で遅くなる。良いな」

「心得ました」

大助は頷き、表門を閉めに行った。

「さあ、与平、そろそろ晩飯だ。行こう」

「はい……」

久蔵は、与平の手を取って屋敷に向かった。

香織《かおり》、小春、おふみが式台に現れ、久蔵を迎えた。

玉池稲荷は夕暮れに覆われ、お玉が池は煌めいていた。

二十五、六歳の町方の女は、玉池稲荷に手を合わせて小泉町の裏通りに進んだ。

太市は尾行た。

町方の女は、小泉町の裏通りにある路地に足早に入った。

太市は、路地の入口に走った。

町方の女は、路地の奥にある井戸端の傍の小さな家に入って行った。

太市は見届けた。

小泉町の裏通りの路地奥の小さな家……。

太市は、神田小泉町の自身番に行き、店番《たなばん》に尋ねた。

「路地奥の小さな家……」

店番は眉をひそめた。

「ええ。井戸の傍の家なんですがね……」

太市は訊いた。

「さあて。処でお前さん、そんな事を調べてどうするんだい」

店番は、太市に疑わし気な眼を向けた。

「ああ。手前は八丁堀は岡崎町の秋山家の者で、主に命じられての事でして……」

太市は告げた。

「えっ。八丁堀の秋山家って、南町奉行所の吟味方与力の秋山久蔵さまですか」

「……」

店番は、恐る恐る尋ねた。

「はい。左様にございます」

太市は頷いた。

「此れは御無礼致しました。路地奥の井戸端の小さな家ですね」

店番は慌てた。

「はい……」

「直ぐに調べますので、腰掛けてお待ち下さい。長助《ちょうすけ》さん、お茶をお出しして
……」

店番は番人に命じ、慌てて町内名簿を調べ始めた。

神田小泉町の通りには、行き交う人の提灯の明かりが揺れた。

八丁堀岡崎町は静寂に沈んでいた。

太市は、連なる組屋敷の塀際を足早にやって来た。

秋山屋敷は表門を閉じていた。

太市は、表門脇の潜り戸を小さく四度叩いた。

「太市さん……」

潜り戸の内から大助の声がした。

「はい……」

太市は返事をした。

潜り戸が開き、大助が顔を見せた。

太市は、素早く潜り戸に入った。

大助は、尾行者がいないのを見定め、素早く潜り戸を閉めた。


「お帰りなさい……」

大助は、太市を迎えた。

「御苦労さまです。旦那さまは……」

太市は尋ねた。

「戻ったら、晩飯を食べ、一休みしてから参れとの事です」

大助は報せた。

「心得ました。では……」

太市は、大助に会釈をして台所に向かった。

大助は見送り、大欠伸《あくび》をしながら背伸びをした。


燭台の明かりは、書見をしている久蔵を照らしていた。

「旦那さま……」

香織が廊下にやって来た。

「入るが良い……」

「はい……」

香織が入って来た。

「太市が戻りましたよ」

「うむ。晩飯は……」

「食べ終わり、目通りを待っております」

「よし。通してくれ」

「はい、では、お酒を……」

「頼む……」

久蔵は頷いた。

香織が出て行き、太市がやって来た。

「おう。御苦労だったな。入ってくれ」

「はい……」

太市は、久蔵の前に座った。

「お待たせしました」

香織とおふみが、酒と肴《さかな》を載せた膳を持って来て久蔵と太市の前に置いて出て行った。

「ま、一杯やりながら聞かせて貰おうか……」

久蔵は、手酌で酒を飲んだ。

「はい。頂きます」

太市は続いた。

「して、何処の誰か分かったか……」

「はい。神田小泉町に住む居職《いじょく》の錺職文七《ぶんしち》さんの女房おなつさんでした」

太市は告げた。

「錺職の文七の女房、おなつか……」

久蔵は、二十五、六歳の町方の女の名を知った。

「はい。五歳になるおちよと云う女の子がおり、昼間は神田鍛冶町の薬種問屋萬《まん》宝堂《ぽうどう》に女中として通い奉公をしています」

「薬種問屋萬宝堂に通い奉公か……」

久蔵は眉をひそめた。

「旦那さま、おなつさんが何か……」

太市は、久蔵に怪訝な眼を向けた。

「うむ。夜鴉《よがらす》の清蔵《せいぞう》って盗賊の頭に囲われていた女に瓜二つでな……」

久蔵は酒を飲んだ。

「瓜二つ……」

太市は眉をひそめた。

「ああ……」

久蔵は頷いた。

「で、盗賊夜鴉の清蔵ですか……」

太市は緊張した。

「ああ。十八年前、俺が叩き斬った外道働きの非道な盗賊だ……」

「えっ。十八年前に旦那さまが……」

太市は戸惑った。

「ああ……」

「ですが、十八年前に死んだ盗賊に囲われていた女なら……」

「ああ。おそらく、今は五十歳前後。名はおすみだ」

「じゃあ、おなつさんは……」

「太市。そのおすみには、当時五、六歳の娘がいてな……」

「娘。じゃあおなつさんはおすみと盗賊の夜鴉の清蔵の子……」

太市は読んだ。

「おすみと良く似ているってだけで、未だ母子と決まった訳じゃあない……」

「はい……」

太市は頷いた。

「よし。太市、明日一番に向島に行き、柳橋の隠居に此の事を話し、奉行所に来て貰ってくれ」

「心得ました」

太市は頷いた。

久蔵は、十八年前に己が斬り棄てた外道働きの盗賊夜鴉の清蔵に囲われていた女に良く似たおなつが何故か気になった。


翌朝。

久蔵は、南町奉行所に出仕し、定町廻り同心の神崎和馬と柳橋の幸吉を用部屋に呼んだ。

「秋山さま、何か……」

和馬と幸吉は、久蔵の用部屋を訪れた。

「うむ。覚えているかな、夜鴉の清蔵って盗賊……」

「夜鴉の清蔵。確か二十年ぐらい前、秋山さまが斬り棄てた盗賊ですか……」

和馬は覚えていた。

「押込み先の者を容赦なく殺す、外道働きの非道な盗賊でしたね」

幸吉は眉をひそめた。

「うむ……」

「その夜鴉の清蔵が何か……」

「囲っていた女と瓜二つの女がいてな」

久蔵は告げた。

「清蔵が囲っていた女と瓜二つの女……」

和馬は、戸惑いを浮かべた。

「ああ。そいつがちょいと気になってな」

久蔵は苦笑した。

「ひょっとしたら、清蔵が囲っていた女の子供ですかね」

幸吉は読んだ。

「かもしれぬ……」

久蔵は頷いた。

「となると、盗賊夜鴉の清蔵の子供……」

和馬は眉をひそめた。

「未だ何とも云えぬがな。太市の調べによればな」

「秋山さま、雲海坊と由松にちょいと見張らせてみますか……」

幸吉は、小さな笑みを浮かべた。

「そうしてくれるか……」

久蔵は笑った。

「はい。雲海坊と由松なら夜鴉の清蔵を覚えている筈ですし、清蔵が囲っていた女や子供も知っているかもしれませんので……」

幸吉は告げた。

「うむ。ま、おなつが夜鴉の清蔵の子供であろうがなかろうが、何事もなく亭主や子供と幸せに暮らしていれば良いのだが……」

久蔵は、微かな懸念を過らせた。

両国広小路は露店や見世物小屋が並び、大勢の人で賑わっていた。

向島の隠居の弥平次は、迎えに行った太市と共に両国橋を渡って来た。

両国橋の西詰では、雲海坊が連なる露店の端で托鉢をしていた。

「雲海坊さんです」

太市は告げた。

「うん……」

弥平次は微笑み、経を読んでいる雲海坊の前に進んだ。

雲海坊は、弥平次に気が付いて戸惑った。

「一緒に来な……」

弥平次は囁き、雲海坊の頭陀袋にお布施を入れて柳原通りに向かった。

太市は、雲海坊に目礼して弥平次に続いた。

雲海坊は、経を読みながら弥平次と太市を追った。

神田川沿いの柳原通りは神田八つ小路に続き、多くの人が行き交っていた。

弥平次と太市は、神田小泉町に向かっていた。

「親分……」

雲海坊が追って来た。

「おう。雲海坊……」

弥平次と太市は立ち止まった。

「お久し振りです。やあ、太市……」

「御無沙汰しています」

「そいつは、お互い様だ」

「雲海坊、俺はもう親分じゃねえ。隠居だよ」

弥平次は苦笑した。

「は、はい。で、どちらに……」

「うん。ちょいと付き合ってくれ」

「承知……」

雲海坊は頷いた。

「さ、太市……」

弥平次は、太市を促した。

「はい。こちらです」

太市は、玉池稲荷に向かった。


「奥にある井戸の前の家です……」

太市は、路地の入口から奥の井戸の傍の家を示した。

弥平次と雲海坊は、路地の奥を窺った。

路地の奥には誰もいなかった。

「おそらく、おなつは今、鍛冶町の薬種問屋萬宝堂に行っている筈です」

太市は告げた。

「うん……」

弥平次と雲海坊は、鋭い眼差しで周囲を見廻した。

「雲海坊、妙な野郎はいないか……」

「ええ。潜んでいる様子はありませんね」

弥平次は尋ねた。

雲海坊は見定めた。

「そうか。じゃあ、太市、薬種問屋の萬宝堂だ……」

弥平次は、太市を促した。

薬種問屋『萬宝堂』は繁盛していた。

弥平次、雲海坊、太市は、物陰から薬種問屋『萬宝堂』を眺めた。

饅頭笠を被った托鉢坊主が、経を読みながらやって来た。

「雲海坊さん、本物ですよ」

太市は囁いた。

托鉢坊主は、薬種問屋『萬宝堂』の前に立ち止まって経を読んだ。

「太市、ありゃあ、偽坊主だ」

雲海坊は苦笑した。

「偽坊主……」

太市は戸惑った。

「ああ。俺と同類だ」

「雲海坊、間違いないのか……」

弥平次は念を押した。

「はい。俺より経が下手糞で間違いだらけ……」

「親分、雲海坊さん……」

太市は、薬種問屋『萬宝堂』の脇の路地を示した。

前掛けをしたおなつが、薬種問屋『萬宝堂』脇の路地から現れ、托鉢坊主に駆け寄った。

弥平次と雲海坊は、眼を瞠った。

おなつは、托鉢坊主に何事かを囁いて路地に駆け戻って行った。

「親分、あの女中……」

「ああ。夜鴉の清蔵に囲われていた女に瓜二つだ」

弥平次は眉をひそめた。

托鉢坊主が来た道を戻り始めた。

「親分、追います」

雲海坊は、托鉢坊主を追った。

二

日本橋の通りを本石町三丁目の辻で東に曲がり、真っ直ぐ進むと両国広小路に出る。

托鉢坊主は、本石町三丁目の辻で東に曲がり、経を読む事もなく進んだ。

雲海坊は尾行た。

托鉢坊主は、小伝馬町から馬喰町《ばくろちょう》に向かった。馬喰町の先に両国広小路があり、浅草御門がある。

托鉢坊主は、神田堀の手前の古くて小さな商人宿の暖簾を潜った。

古くて小さな商人宿は、『安房屋《あわや》』の看板を掲げていた。

商人宿『安房屋』……。

雲海坊は見定め、木戸番に急いだ。


木戸番の店先では、炭団《たどん》、団扇《うちわ》、笊、草鞋《わらじ》などが売られている。

雲海坊は奥の部屋の框に腰掛け、老木戸番茂助の出してくれた出涸らし茶を啜った。

「商人宿の安房屋かい……」

老木戸番の茂助は、雲海坊の素性を知っていた。

「ええ。どう云う商人宿ですか……」

　雲海坊は尋ねた。

「前の旦那が安房の出で安房屋って付けて安房から来る客が多かったんだが、二年前に居抜きで売って隠居してね。今は長五郎《ちょうごろう》ってのが買い取って旦那に納まっているよ」

　茂助は告げた。

「その長五郎の旦那も安房者なんですか……」

「さあ。そいつはどうかな……」

　茂助は首を捻った。

「違うんですか……」

「聞いた事はねえが、安房屋がどうかしたのかい……」

「いえ、同業者がいるようでしてね」

　雲海坊は、それとなく探りを入れた。

「ああ。武蔵坊《むさしぼう》か……」

「武蔵坊……」

「うん。托鉢坊主は武蔵坊の弁吉《べんきち》だよ」

　茂助は笑った。

「成る程。で、武蔵坊の弁吉は安房屋の客ですかい」

「時々、安房屋を手伝っているから、客と云うより、居候みたいなもんかな……」

「居候ですか……」

雲海坊は苦笑した。


「そいつが、余りにも良く似ているので驚きましたよ」

弥平次は笑った。

「御隠居も驚いたか……」

久蔵は頷いた。

「ええ。雲海坊も……」

「そうか……」

「それで、薬種問屋萬宝堂に来た托鉢坊主と短く言葉を交わしましてね。托鉢坊主は立ち去り、夜鴉の清蔵に囲われていたおすみに瓜二つの女、おなつは萬宝堂の脇の路地から勝手口に戻って行きましたよ」

「して、その托鉢坊主は……」

「雲海坊が追いました」

「坊主が坊主を追ったか……」

久蔵は苦笑した。

「はい。秋山さま、おなつがおすみの娘なら何か危ない真似をしているのかも……」

「盗賊か……」

久蔵は読んだ。

「かもしれません」

弥平次は頷いた。

「仮にそうだとして、おなつは堅気の錺職の亭主と幼い子供のいる身だ。己から望んでの事とは思えぬが……」

久蔵は眉をひそめた。

「ええ。ひょっとしたら秋山さま同様、おすみを知っていた盗賊がおなつの顔を見て、素性に気が付き、巻き込んでいるのかもしれません」

弥平次は読んだ。

「そいつが、素性に拘る事で脅しているのなら、決して許しては置けぬ」

久蔵は、厳しく云い放った。

「はい。で、此の事、幸吉には……」

「うむ。柳橋には既に伝え、雲海坊と由松に探らせる手筈になっていたのだが……」

「そいつは、隠居が出過ぎた真似をしたようですね」

弥平次は苦笑した。

「なあに、御隠居がいなけりゃあ、托鉢坊主は分からなかったんだ。探索の手間が省けたと礼を云うさ」

久蔵は笑った。

「それにしても秋山さま。夜鴉の清蔵が死んだ後、囲われていたおすみは幼い娘を抱えて姿を消しましたが、何処でどうしていたんですかね」

弥平次は眉をひそめた。

「うむ。もし、おなつがその幼い娘で意に沿わない事に巻き込まれているのなら、何としてでも護ってやりたいものだ」

久蔵は、厳しい面持ちで冷え切った茶を飲み干した。

神田川は、両国橋の傍の柳橋から大川に流れ込んでいる。

柳橋の船宿『笹舟』は暖簾を微風に揺らし、船着場では船頭が屋根船の手入れをしていた。

「そうかい。御隠居と太市が来て一緒におなつの家や薬種問屋の萬宝堂に行ったのか……」

幸吉は苦笑した。

「はい……」

雲海坊は頷いた。

「で、おなつの顔を見たのか……」

「そいつが親分、おなつ、夜鴉の清蔵が囲っていたおすみにそっくり、瓜二つなので驚きましたよ」

雲海坊は感心した。

「そんなに似ているのか……」

「ええ……」

「で、雲海坊の兄貴、そのおなつが逢った托鉢坊主は……」

由松は訊いた。

「ああ。武蔵坊の弁吉だ」

「武蔵坊の弁吉……」

由松は戸惑った。

「ああ。で、弁吉、神田堀の手前にある安房屋って商人宿に入って行ったよ」

「商人宿の安房屋ですか……」

由松は眉をひそめた。

「どんな商人宿だ……」

幸吉は尋ねた。

「ああ。小さな古い商人宿でしてね。亭主は長五郎、弁吉は居候のようなもんだそうだ」

雲海坊は告げた。

「居候……」

幸吉は眉をひそめた。

「お前さん……」

女将のお糸がやって来た。

「うん。どうした」

「向島のお父っつあんがお見えですよ」

お糸が告げた。

「うん。お通しろ」

「はい。お父っつあん……」

お糸《いと》は叫んだ。

「おう。今、行く……」

弥平次の声がした。

「どうかしたのか……」

「平次《へいじ》と逢うなり、相撲を取っているのよ」

お糸は苦笑した。

「おう。柳橋の、由松、暫くだな……」

弥平次は、平次を担ぎ上げて入って来た。

「此れは御隠居……」

幸吉と由松は、弥平次に挨拶をした。

「離せ、祖父ちゃん、下ろせ……」

平次は踠いた。

「おう……」

弥平次は、座りながら平次を胡坐《あぐら》の中に下ろした。

「秋山さまに呼ばれてな。久し振りに南の御番所に行って来たよ」

「そうですってね……」

幸吉は頷いた。

「どうぞ……」

お糸は、弥平次に茶を差し出した。

「うん。で、雲海坊、偽坊主の行き先、突き止めたか……」

「はい……」

雲海坊は頷いた。

「そうか。仔細は後で柳橋に聞くよ」

弥平次は笑った。

「じゃあ、由松、商人宿の安房屋を頼む」

「承知……」

由松は頷いた。

「雲海坊、おなつをな……」

「はい。じゃあ。御隠居、此れで……」

雲海坊と由松は、弥平次に一礼して出掛けて行った。

「気を付けてな……」

弥平次は見送った。

「お父っつあん、おっ母さん、変わりない」

お糸は尋ねた。

「ああ。宜しく云っていたよ」

「平次を連れて遊びに行きたいんだけど、お店が忙しくて……」

「そりゃあ何よりだ……」

弥平次は、眼を細めて頷いた。

「女将さん……」

帳場からお糸を呼ぶ声がした。

「はい。さっ、平次、行きますよ」

お糸は、平次を連れて出て行った。

「で、幸吉、偽坊主、何処に行ったんだ……」

弥平次は、幸吉に岡っ引の頃の鋭い眼を向けた。

商人宿『安房屋』には、主の長五郎と女房のおこんがおり、他に手代が一人、女中が二人いた。そして、四人の泊り客がおり、その一人が居候ともいえる托鉢坊主の武蔵坊の弁吉だった。

由松は見張った。

半刻(一時間)程が過ぎた。

商人宿『安房屋』から羽織を着た四十歳過ぎの小柄な初老の男が現れ、手代に見送られて出て行った。

主の長五郎……。

由松は見定めた。

長五郎は、日本橋の通りに向かった。

よし……。

由松は、長五郎の尾行を開始した。

何処に行く……。

長五郎は、それとなく周囲を窺いながら進んだ。

堅気じゃあない……。

勘が囁いた。

由松は、緊張を滲ませて長五郎を尾行した。

神田鍛冶町の薬種問屋『萬宝堂』には、多くの客が出入りしていた。

雲海坊は、小僧に小銭を握らせた。

「通い女中のおなつさん、台所にいるかな」

雲海坊は訊いた。

「はい。おなつさんなら、朝から台所で働いていますよ」

小僧は、小銭を握り締めて告げた。

「そうか……」

「はい。お坊さま……」

小僧は、喉を鳴らして頷いた。

「ならば、又後でな。さあ、店に戻って仕事に励むのだよ」

雲海坊は、小僧に手を合わせた。

「はい。じゃあ……」

小僧は、握り締めていた小銭を袂に入れて薬種問屋『萬宝堂』脇の路地に駆け込んで行った。

雲海坊は見送り、素早く斜向かいの路地に入った。そして、薬種問屋『萬宝堂』の見張りに就いた。

薬種問屋『萬宝堂』の前には、多くの人が行き交った。

羽織を着た初老の男が薬種問屋『萬宝堂』の前に立ち止まり、店の中を窺った。

薬を買いに来た客が、店に入るかどうか迷っているのか……。

雲海坊は読んだ。

羽織を着た初老の男は、『萬宝堂』の周囲を鋭い眼付きで見廻した。

何だ……。

雲海坊は、羽織を着た初老の男の眼付きに戸惑った。

「雲海坊の兄貴……」

由松が、雲海坊のいる路地に入って来た。

「おお……」

「商人宿安房屋の長五郎です」

由松は、羽織を着た初老の男を見ながら囁いた。

「野郎が安房屋の長五郎か……」

雲海坊は、薬種問屋『萬宝堂』を窺っている長五郎を見た。

長五郎は、薬種問屋『萬宝堂』の前を離れ、神田八つ小路に向かった。

由松は、雲海坊を残して長五郎を追った。

「じゃあ、兄貴……」

「気を付けてな……」

雲海坊は、長五郎を尾行て行く由松を見送り、薬種問屋『萬宝堂』の見張りを続けた。


神田川の流れは煌めいていた。

長五郎は、神田八つ小路の賑わいを抜けて昌平橋に向かった。

由松は尾行た。

昌平橋を渡った長五郎は、明神下の通りから下谷広小路に抜けた。そして、不忍池の畔の仁王門前町に進んだ。

仁王門前町には何軒かの料理屋がある。

料理屋で誰かと逢うのか……。

由松は追った。

長五郎は、料理屋の隣にある不忍池を眺められる茶店に入った。

茶店は広く、多くの客が不忍池を眺めながら茶を飲み、数人の茶店女が茶を運んでいた。

由松は、長五郎を見守った。

長五郎は、茶店女に何事かを尋ね、不忍池の畔の縁台に誘われた。

不忍池の畔の縁台では、中年の浪人が茶を飲んでいた。

長五郎は、誘ってくれた茶店女に茶を頼み、中年の浪人に挨拶をして縁台に腰掛けた。

由松は、離れた縁台に腰掛けて茶店女に茶を頼んだ。

長五郎と中年の浪人は、茶を飲みながら何事か言葉を交わしていた。

由松は、通り掛かった長五郎を誘った茶店女を呼び止めた。

「あの畔の傍の縁台にいる浪人さん、神崎和馬さんじゃあないのかな」

嘘も方便だ……。

由松は、和馬の名を使った。

「いいえ。お連れの方は黒川《くろかわ》さんと仰っていましたよ」

茶店女は告げた。

「黒川さんか、じゃあ、人違いだな。造作を掛けたね」

由松は、笑みを浮かべて礼を云った。
「いいえ……」
茶店女は、笑顔で立ち去った。
黒川……。
由松は、長五郎と逢っている浪人の名を知った。
黒川と長五郎は、どんな拘りなのだ。
浪人の黒川の素性は……。
由松は、運ばれた茶を飲みながら長五郎と黒川を見守った。
四半刻（三十分）が過ぎた。
長五郎と浪人の黒川は、縁台を立って茶店を出た。
由松は続いた。
長五郎は、茶店の表で山下に向かう浪人の黒川を頭を下げて見送った。
長五郎は黒川の下にいる……。
由松は、長五郎と浪人の黒川の拘り、立場のありようを読んだ。
黒川だ……。

由松は、浪人の黒川を尾行ると決め、何気ない足取りで追った。
浪人の黒川は、山下から入谷《いりや》に進んだ。
由松は尾行た。
黒川は、何気なく周囲を警戒し、落ち着いた足取りで進んだ。
油断のない奴……。
由松は、慎重に尾行た。

入谷に進んだ浪人の黒川は、鬼子母神《きしもじん》の前を通って古寺の山門を潜った。
由松は、古寺の山門に走り、境内を覗いた。
浪人の黒川は、古寺の本堂の裏手に廻って行った。
本堂の裏に家作でもあるのか……。
由松は、本堂に走って慎重に裏に廻った。
裏には、小さな家作があった。
浪人の黒川は、小さな家作を借りて住んでいるのだ。
由松は見届けた。

浪人の黒川の名と素性だ……。
由松は、聞き込みを掛けて突き止めようと山門を出た。
古寺の山門には、『文覚寺《もんかくじ》』と書かれた扁額《へんがく》が掲げられていた。

三

夕暮れ時。
日本橋の通りには、仕事を終えた人々が足早に行き交っていた。
薬種問屋『萬宝堂』は、小僧や下男たちが店先の掃除をして店仕舞いをしていた。
雲海坊は見守った。
後半刻もすれば、おなつたち通いの奉公人は家に帰る筈だ。
雲海坊は、おなつが家に帰るのを見届けるつもりだった。
日が暮れ、薬種問屋『萬宝堂』は大戸を閉めて店仕舞いをした。
通りを行き交う人も減り、薬種問屋『萬宝堂』の通いの奉公人たちが帰り始めた。

雲海坊は、おなつの出て来るのを待った。
おなつが現れ、神田小泉町に向かった。
よし……。
雲海坊は、おなつを追って路地を出た。
おなつは、日本橋の通りから脇道に曲がって進んだ。
雲海坊は追った。

おなつは足早に進んだ。
亭主の文七と幼いおちよが待っている……。
雲海坊は、おなつの胸の内を読んだ。
饅頭笠を被った托鉢坊主が、おなつの前に立ち塞がった。
武蔵坊の弁吉……。
雲海坊は、素早く暗がりに潜んで見守った。
弁吉は、おなつに何事かを尋ねた。
おなつは、首を横に振った。
「何だと……」

弁吉は声を荒らげた。

「私には出来ません……」

おなつは、声を引き攣らせながら後退りをした。

「そんな事を云っていると、父親が外道働きの盗賊、夜鴉の清蔵だったと世間に言い触らすぜ」

弁吉は脅した。

「そ、そんな……」

おなつは、恐怖に激しく震えた。

野郎……。

雲海坊は、暗がりを出ておなつと弁吉の許に進んだ。

弁吉は、雲海坊に気が付いて慌てて逃げようとした。

刹那、雲海坊は錫杖《しゃくじょう》を突き出した。

弁吉は、突き出された錫杖に足を取られて倒れた。

「此の野郎……」

雲海坊は、倒れた弁吉を蹴り飛ばした。

弁吉は、頭を抱えて身を縮めた。

雲海坊は、おなつを振り返った。

おなつは駆け去って行った。

おそらく家に帰る……。

雲海坊は見送り、倒れている弁吉の饅頭笠を乱暴に毟《むし》り取った。

弁吉は、思わず眼を瞑《つぶ》った。


お玉が池に月影が映えた。

雲海坊は、弁吉を玉池稲荷の境内に連れ込み、突き飛ばした。

弁吉は、お玉が池の畔に倒れ込み、慌てて起き上がろうとした。

雲海坊は、倒れた弁吉の喉元に素早く錫杖の石突を突き付けた。

弁吉は、咄嗟に雲海坊の錫杖を握った。

「下手に動けば、喉が潰れるぜ」

雲海坊は冷笑し、弁吉の喉仏に錫杖の石突を押し付けた。

弁吉は、恐怖を露《あら》わにした。

「手前、偽坊主だな……」

「あ、ああ。お前さんもな……」

弁吉は、必死の面持ちで嗄れ声を引き攣らせた。

「ふん。罰当りな同業者って処か。で、何処の誰なんだ……」

「べ、弁吉。武蔵坊の弁吉……」

弁吉は、嗄れ声を震わせた。

「武蔵坊の弁吉、名前負けだぜ」

雲海坊は苦笑した。

「まあな……」

「で、何処の者だ……」

「えっ……」

「親方は誰だって訊いているんだぜ」

「親方……」

「ああ。お前たち偽の托鉢坊主を束ねている親方だよ」

雲海坊は、弁吉の喉仏を錫杖の石突で押した。

弁吉は、苦しさと恐怖に顔を歪めた。

「手前。親方なしのもぐりだな……」

雲海坊は、錫杖に力を込めた。

「観音だ。観音の宗十郎《そうじゅうろう》だ……」

弁吉は、苦し気に仰《の》け反《ぞ》りながら告げた。

「観音の宗十郎……」

雲海坊は眉をひそめた。

「ええ。盗賊の頭ですぜ」

「盗賊……」

雲海坊は、弁吉の喉仏から錫杖の石突を外した。

「ああ……」

弁吉は、喉を摩《さす》りながら起き上がった。

「弁吉、盗賊の一味なのか……」

雲海坊は、驚いた振りをした。

「ええ。此処だけの話ですがね」

弁吉は、狡猾な笑みを浮かべた。

「そうか。盗賊の観音の宗十郎の一味だったのか……」

「ええ……」

「じゃあ、さっきの女、押込みに拘りがあるのか……」

「ええ。まあ……」

弁吉は、言葉を濁した。

「だったら、お勤めの邪魔をしたようだが、弁吉、盗人が稼業のお前には片手間の偽坊主だろうが、此奴で飯を食っている奴は大勢いる。悪い評判を起こせば、只じゃあ済まねえ」

雲海坊は脅した。

「良く分かりました。造作をお掛けしました。あの、兄いは……」

「俺は柳橋の雲海坊だ」

「柳橋の雲海坊の兄貴ですか……」

「ああ……」

「じゃあ、雲海坊の兄貴、今夜は此れで引き取らせて頂きますぜ」

「ああ……」

「じゃあ、御免なすって……」

弁吉は、雲海坊に笑い掛けて足早に立ち去った。

商人宿の『安房屋』に真っ直ぐ帰れば良い……。

雲海坊は見送った。

弁吉が密かに戻り、後を尾行て来る事の出来ない間を見極め、素早く闇に入った。


南町奉行所には多くの人が出入りしていた。

久蔵が出仕した時、既に幸吉と弥平次が訪れ、和馬と共に待っていた。

「おう。何か分かったようだな」

「はい。雲海坊と由松がいろいろ摑んで来ました」

幸吉は告げた。

「聞かせて貰おうか……」

「はい……」

幸吉は、おなつに近付いている偽坊主の武蔵坊弁吉が観音の宗十郎を頭とする盗賊一味の者であり、商人宿『安房屋』の長五郎が黒川主水《もんど》と云う素性の良く分からない浪人と逢っていた事などを報せた。

「やはり、盗賊だったか……」

「はい……」

「して、盗賊の観音の宗十郎、俺は初めて聞く名だが、御隠居は知っているかな」

久蔵は、弥平次に尋ねた。

「いえ。あっしも初めて聞く名前ですが、おなつが夜鴉の清蔵の娘だと気が付いた処を見ると、清蔵と拘わりのあった奴でしょうね」

弥平次は告げた。

「うむ……」

久蔵は頷いた。

「秋山さま、観音の宗十郎、弁吉を使っておなつを脅し、薬種問屋萬宝堂を探らせているのかもしれません」

和馬は読んだ。

「うむ。和馬、萬宝堂の金蔵には、盗賊が狙うだけの金があるにしても、近々纏《まと》まった金が入る事でもあるのかな」

久蔵は尋ねた。

「纏まった金ですか……」

和馬は眉をひそめた。

「観音の宗十郎、おなつにそいつを突き止めようとしているのかもな……」

久蔵は読んだ。

「分かりました。そいつはあっしが調べてみますよ」

弥平次は告げた。

「うむ。よし、柳橋の、商人宿の安房屋と文覚寺の黒川主水から眼を離すな。和馬、昔、観音の二つ名を持つ盗賊がいなかったか調べてみろ」

久蔵は命じた。

「心得ました」

和馬と幸吉は頷いた。

「何れにしろ皆、此の一件。おなつに泣きを見せてはならぬ……」

久蔵は、厳しい面持ちで告げた。

幸吉は、勇次、新八、清吉を由松のいる商人宿『安房屋』に走らせた。

由松は、勇次、新八、清吉に『安房屋』長五郎の人相風体と店の事などを教えた。

「じゃあ、勇次、俺は入谷文覚寺にいる黒川主水を見張るぜ」

由松は告げた。

「新八か清吉、連れて行きますか……」

「いや。相手は一人だ。じゃあな……」

由松は、軽い足取りで入谷に向かった。

「安房屋は盗賊観音の宗十郎一味の盗人宿だ。主の長五郎、武蔵坊弁吉、手代の他に泊り客の行商人に一味の者がいるかもしれない。見張るぜ」

勇次、新八、清吉は、商人宿『安房屋』の見張りに就いた。


日本橋の通りには、多くの人々が行き交っていた。

雲海坊は、通りの路地から斜向かいの薬種問屋『萬宝堂』を見張っていた。

今朝、おなつは居職の錺職の亭主文七と幼いおちよに見送られ、奉公先の薬種問屋『萬宝堂』に来た。

その間、武蔵坊弁吉は現れず、今も来てはいなかった。

雲海坊は、薬種問屋『萬宝堂』を見張った。

「おう……」

隠居の弥平次が現れた。

「こりゃあ、御隠居……」

「変わりはないようだな……」

弥平次は、『萬宝堂』を眺めた。

「はい。御隠居は……」

雲海坊は、戸惑いを浮かべた。

「秋山さまのお指図で、近々、盗人に押し込まれるようなことがあるのかどうかをな……」

弥平次は笑った。

「そいつは御苦労さまです」

「じゃあな……」

弥平次は、軽い足取りで薬種問屋『萬宝堂』に入って行った。


庭は店先の賑わいにも拘わらず、静けさに満ちていた。

弥平次は、通された座敷で茶を啜りながら庭を眺めた。

「お待たせ致しました。萬宝堂の主仁左衛門《にざえもん》にございます」

肥った赤ら顔の老人が現れ、弥平次に挨拶をした。

「仁左衛門さんですか、手前は柳橋の船宿笹舟の隠居で、弥平次と申します」

弥平次は挨拶をした。

「はい。岡っ引の柳橋の弥平次の親分の噂は良く聴いておりましたよ」

仁左衛門は笑った。

「そいつは畏れ入ります。ですが、今は只の隠居でして……」

弥平次は苦笑した。

「それで、今日は何か……」

仁左衛門は、弥平次に怪訝な眼を向けた。

「はい。他でもありませんが、萬宝堂に近々纏まった金子が入る手筈になってはおりませんか……」

弥平次は、仁左衛門に厳しい眼を向けた。

「えっ……」

仁左衛門は戸惑った。

「旦那、此奴は南町奉行所の秋山久蔵さまのお言葉なんですがね……」

弥平次は微笑んだ。

入谷鬼子母神の境内では、幼い子供たちが楽し気に遊んでいた。

由松は、鬼子母神近くの古寺文覚寺を眺めた。

文覚寺の境内に参拝客はなく、変わった様子は窺えなかった。

浪人の黒川主水はいるのか……。

由松は、境内を足早に横切り、本堂の縁の下に素早く潜り込んだ。そして、縁の下を裏手に進んだ。

本堂の裏手には植え込みがあり、小さな庭のある家作が見えた。

由松は、縁の下に潜み、植え込み越しに家作を窺った。

家作の雨戸と障子は開け放たれ、座敷には黒川主水が腕枕をして横たわっていた。

のんびりと昼寝をしていやがる……。

由松は苦笑した。

黒川主水の素性と、観音の宗十郎との拘わりは未だ分からない。

由松は、黒川を見詰めた。

黒川は寝返りを打った。

由松は、素早く縁の下の奥の暗がりに身を引いた。

黒川は、寝返りを打ったままだった。

今は此れ迄だ……。

由松は、縁の下伝いに境内に戻り、文覚寺の山門の外に出た。

雲海坊は、薬種問屋『萬宝堂』を見張った。

『萬宝堂』から弥平次が現れ、雲海坊にそれとなく近付いて来た。

雲海坊は、それとなく路地に誘った。

弥平次が路地に入って来た。

「どうでした……」

「明後日、萬宝堂には御公儀から二年分の薬や薬草代の三百両以上の金が入るそうだ」

弥平次は囁いた。

「じゃあ、観音の宗十郎一味はそいつを狙って……」

雲海坊は読んだ。

「うむ。今、金蔵にある金と合わせると千両近くになるそうだ」

「じゃあ、押込みは明後日……」

雲海坊は眉をひそめた。

「おそらくな。じゃあ……」

弥平次と雲海坊は路地を出た。

「あっ、御隠居さん、雲海坊さん……」

学問所帰りの大助が駆け寄って来た。

「こりゃあ、大助さま……」

弥平次と雲海坊は迎えた。

「お久し振りです。御変わりありませんか」

大助は、屈託なく笑った。

「お陰様で、達者にしております」

弥平次は笑顔で応じた。

「御隠居……」

雲海坊が薬種問屋『萬宝堂』脇の路地から出て来たおなつに気が付いた。

弥平次は、雲海坊と共におなつを見詰めた。

おなつは、店先で片付けをしていた老下男に何事かを告げ、一緒に路地に戻って行った。

「下男を呼びに来ただけのようですね」

雲海坊は睨んだ。

「うん……」

弥平次は頷いた。

「あの女の人、どうかしたんですか……」

大助は、戸惑いを浮かべた。

「ええ、ちょいとね……」

「此の前、屋敷の前にいましたよ」

大助は笑った。

「えっ……」

弥平次と雲海坊は驚いた。

「大助さま、今の女がお屋敷の前にいたんですか……」

雲海坊は訊いた。

「ええ。で、私が何か用かと、声を掛けたら慌てて立ち去りました」

大助は、怪訝な面持ちで告げた。

「親分……」

雲海坊は緊張した。

「うん。おなつは秋山さまのお屋敷に行っていた。大助さま。その事、秋山さまには……」

「えっ。云っていませんが……」

大助は緊張した。

「親分……」

「うん。じゃあ、大助さま。此れから秋山さまの許に行きましょう」

弥平次は促した。

「えっ。俺、何か拙《まず》い事でも……」

大助は慌てた。


南町奉行所は閉門の刻限に近くなり、人々は忙しく出入りをしていた。

弥平次は、大助を連れて久蔵を訪れた。

久蔵の許には、太市が迎えに来ていた。

「大助、そいつは本当か……」

「は、はい……」

大助は頷いた。

「そうか……」

久蔵は眉をひそめた。

「秋山さま、おなつは観音一味の弁吉に脅され、秋山さまに助けを求めに行ったのかもしれません」

弥平次は読んだ。

「うむ……」

「ひょっとしたら、おなつ、云う通りにしなければ、亭主の文七と子供のおちよを殺すとでも、脅されているんじゃあ……」

弥平次は眉をひそめた。

「うむ。よし、太市、大助。神田小泉町のおなつの家を見張り、密かに文七とおちよを護るのだ」

久蔵は命じた。

「心得ました」

太市は頷いた。

「あの、父上、学問所は……」

大助は、恐る恐る尋ねた。

「此の一件が落着する迄、休むが良い」

「心得ました」

大助は、張り切って声を弾ませた。

久蔵は苦笑した。

太市と大助は、久蔵から様々な指示と金を受取り、神田小泉町のおなつの家に急いだ。

「して、御隠居。肝心な事はどうした」

「はい。明後日、御公儀から纏まった金が入るそうです」

弥平次は、厳しい面持ちで報せた。

「よし。その辺りだな……」

久蔵は睨んだ。

「どうします……」

弥平次は、久蔵の出方を窺った。

「盗賊観音の宗十郎一味、萬宝堂に押込む前にお縄にしてくれる」

久蔵は、不敵な笑みを浮かべた。

四

古寺文覚寺は山門を閉めた。

由松は、夕暮れに覆われる文覚寺を眺めていた。

「おう。由松……」

幸吉がやって来た。

「親分……」

「黒川主水の素性、何かわかったか……」

「そいつが、文覚寺出入りの商人や近くの寺の寺男たちに尋ねたのですが、どうにもはっきりしないのです」

由松は、微かな苛立《いらだ》ちを過らせた。

「そうか。ま、それだけ怪しい奴だって事だ」

「ええ、親分、長五郎の奴の動きはどうなんですか……」

「そいつが、黒川と逢ってから、ずっと安房屋にいるぜ」

「そうですか……」

由松は眉をひそめた。

「そいつがどうかしたか……」

「親分、頭の観音の宗十郎は、何処にいるんですかね……」

「由松、ひょっとしたらひょっとするか……」

幸吉は、夕闇の中の文覚寺を眺めた。

「ええ……」

由松は頷いた。

商人宿『安房屋』は雨戸を閉めた。

勇次、新八、清吉は、見張り続けた。

僅かな刻が過ぎ、托鉢坊主と手代が出て来て神田川の方に向かった。

「托鉢坊主、武蔵坊の弁吉ですかね」

新八は睨んだ。

「きっとな。よし、新八、何処で何をするのか見届けて来な」

勇次は命じた。

「合点です」

新八は、偽坊主の武蔵坊の弁吉と手代を追った。
薬種問屋『萬宝堂』の通いの奉公人たちが帰り始めた。
おなつも路地から現れ、辺りを警戒しながら家路に就いた。
雲海坊は、おなつの周囲に眼を配りながら慎重に尾行を開始した。

神田小泉町の裏通りを行き交う人は減った。
武蔵坊の弁吉と手代が現れ、路地の入口から奥のおなつの家を窺った。
おなつの家には明かりが灯され、おちよの笑い声が洩れていた。
武蔵坊の弁吉と手代は、路地奥のおなつの家に向かった。
追って来た新八は、物陰に潜んで見守った。
武蔵坊の弁吉と手代は、おなつの家の腰高障子を開けようとした。
「おい。何をしている……」
井戸の陰から太市と大助が現れた。
武蔵坊の弁吉と手代は、慌てて身を翻して路地の入口に逃げた。

大助は、木刀を手にして猛然と追った。

太市は、萬力鎖を握り締めて辺りを鋭く窺った。


武蔵坊の弁吉と手代は、路地から逃げ出して来た。

大助が追って現れ、武蔵坊の弁吉と手代に木刀を鋭く唸らせた。

武蔵坊の弁吉と手代は、必死に躱した。

「おのれ、曲者。成敗してくれる」

大助は怒鳴り、武蔵坊の弁吉と手代に猛然と打ち掛かった。

大助さま……。

新八は笑った。

武蔵坊の弁吉と手代は、大助の打ち込みを必死に躱して逃げた。

「逃げるか、卑怯者……」

大助は、追い掛けようとした。

「大助さま……」

太市が現れ、止めた。

「太市さん、彼奴らを捕らえて……」

「大助さま……」

太市は、逃げる武蔵坊の弁吉と手代を追って行く新八を示した。

「あっ、新八さんですか……」

大助は、追って行く新八に気が付いた。

「柳橋に抜かりはありませんよ」

太市は笑った。

「太市さん……」

大助は、足早に来る女に気が付いた。

太市と大助は、斜向かいの暗がりに素早く潜んだ。

女はおなつであり、辺りに武蔵坊の弁吉がいないのを見定め、安堵を浮かべて路地に入って行った。

雲海坊が追って現れ、路地の奥を窺った。

おなつが家に入り、おちよの歓声が洩れて来た。

「雲海坊さん……」

太市と大助が駆け寄った。

「おう。太市、大助さま……」

雲海坊は笑った。

南町奉行所の中庭には、木洩れ日が煌めいていた。

「そうか。夜鴉の清蔵が動いていた頃、観音の二つ名を持つ盗賊はいなかったか……」

久蔵は、微かな落胆を過らせた。

「はい。ですが、人斬り観音と呼ばれた浪人がいました」

和馬は告げた。

「人斬り観音……」

久蔵は眉をひそめた。

「はい……」

「どんな奴だ」

「浅草は浅草寺の裏に住む人斬りを生業《なりわい》にした浪人でしてね。清蔵より先に急な病で死んでしまったそうですが……」

「倅がいたか……」

久蔵は読んだ。

「はい。そいつが観音の宗十郎なのかも……」

和馬は頷いた。

「うむ。和馬、どうやら、観音の宗十郎、人斬り観音の倅かもしれぬな」

久蔵は睨んだ。

「はい。もし、夜鴉の清蔵と人斬り観音が知り合いだとしたら、その倅がおなつの母親の顔を知っていて、おなつが娘だと気が付いても不思議はないかと……」

和馬は読んだ。

「うむ。して、和馬、その人斬り観音、名は何と申すのだ」

「はい。名は良く分かりませんが、苗字は黒川だとか……」

「黒川か……」

久蔵は、笑みを浮かべた。

「はい……」

「文覚寺の家作にいる浪人の黒川主水が観音の宗十郎のようだな」

久蔵は睨んだ。

「おそらく、違いないものかと……」

和馬は頷いた。

「よし、和馬、先ずは商人宿の安房屋の長五郎たちをお縄にするぜ」

久蔵は、不敵に笑った。


商人宿『安房屋』に客の出入りはなかった。

久蔵は、弥平次を伴って商人宿『安房屋』にやって来た。

和馬、幸吉、雲海坊、清吉が迎えた。

「おう。御苦労だな……」

久蔵は労った。

「いえ。今、安房屋にいるのは旦那の長五郎、手下の武蔵坊の弁吉、手代に二人の泊り客で五人。他に女将のおこんに女中が二人で女が三人います」

和馬は報せた。

「安房屋の裏は勇次と新八が見張っています」

幸吉は告げた。

「よし。向こうは五人、こっちは御隠居を除いて七人。俺は勇次や新八と裏から踏み込む。和馬と柳橋たちは表から踏み込め」

久蔵は命じた。

「心得ました」

和馬と幸吉は頷いた。


「邪魔するぜ」

和馬は、幸吉、雲海坊、清吉と商人宿『安房屋』の土間に踏み込んだ。

「いらっしゃいませ……」

手代が奥から現れ、驚いた。

「や、役人だ……」

手代は、奥に叫ぼうとした。

幸吉が跳び掛かり、襟首を摑んで引き摺り戻した。

手代は、仰向けに土間に叩きつけられた。

清吉が跳び掛かり、鼻捻で滅多打ちにして捕り縄を打った。

「どうした……」

武蔵坊の弁吉が、怪訝な面持ちで奥から出て来た。

雲海坊は、錫杖の石突を武蔵坊弁吉の腹に鋭く突き入れた。

弁吉は、短く呻いて腹を押さえた。

和馬は、腹を押さえた弁吉を殴り飛ばした。

弁吉は、土間に転げ落ちた。

雲海坊が蹴飛ばし、清吉が馬乗りになって殴り、捕り縄を打った。

和馬と幸吉は、居間に踏み込んだ。


主の長五郎は、居間から座敷に逃げた。

「盗賊観音一味の長五郎、神妙にしろ」

和馬と幸吉は追った。

二人の泊り客の男が、横手から長脇差で和馬と幸吉に斬り掛かった。

和馬と幸吉は、十手で応戦した。


長五郎は、奥の座敷から庭に跳び下りて裏に走ろうとした。

久蔵が、行く手に立ち塞がった。

長五郎は立ち止まった。

勇次と新八が現れ、素早く背後に廻った。

「此れ迄だ、長五郎。文覚寺の観音の宗十郎もお縄にしたぜ」

久蔵は、鎌を掛けた。
「な、何、お頭も……」
長五郎は驚き、激しく狼狽えた。
「よし……」
久蔵は苦笑し、長五郎に近付いた。
「来るな……」
長五郎は、匕首を抜いて構えた。
次の瞬間、久蔵は大きく踏み込み、長五郎の匕首を握る腕を摑んで捻り上げた。
長五郎は、激痛に顔を醜く歪めて匕首を落とした。
久蔵は、長五郎を突き放した。
長五郎はよろめいた。
勇次と新八が跳び掛かり、長五郎を殴り倒し、激しく蹴り飛ばした。
情け容赦は怪我の元だ……。
勇次と新八は、長五郎を押さえ付けて捕り縄を打った。
盗賊の観音の宗十郎一味は、小頭の長五郎を始め皆捕らえられた。
久蔵は、後始末を和馬と幸吉に任せ、弥平次と一緒に入谷に急いだ。

入谷鬼子母神の境内は、幼い子供たちの歓声に満ちていた。

古寺文覚寺の境内では、掃き集められた枯葉が燃やされ、煙が揺れながら立ち昇っていた。

由松は、浪人の黒川主水を見張り続けていた。

黒川主水は、長五郎からの報せが来るまで動くつもりはないようだ。

由松は読んだ。

「由松……」

久蔵と弥平次がやって来た。

「秋山さま、御隠居……」

由松は、久蔵と弥平次を会釈をして迎えた。

「おう。御苦労。黒川主水はいるな」

久蔵は尋ねた。

「はい……」

「安房屋の長五郎たちはお縄にしたよ」

弥平次は告げた。

「そうですかい。じゃあ……」

「うむ。黒川主水が盗賊観音の宗十郎だ。此れからお縄にする」

久蔵は笑った。

「はい……」

由松は頷いた。

久蔵は、古寺文覚寺の山門を潜った。

弥平次と由松が続いた。

久蔵は、境内を本堂に向かった。

浪人の黒川主水が本堂の脇から現れ、久蔵たちを見て立ち止まった。

「盗賊観音の宗十郎だな……」

久蔵は、黒川を見据えた。

「おぬしは……」

黒川は、微かな緊張を滲ませた。

「南町奉行所の秋山久蔵だ……」

久蔵は笑った。

黒川は身構えた。

「黒川主水、死んだ父親人斬り観音と兄弟分だった夜鴉の清蔵に囲われていた女とおなつが瓜二つなのに気が付き、父親が盗賊だと云い触らされたくなければ、奉公先の薬種問屋萬宝堂に纏まった金が入る日がいつか訊き出して報せろと、おなつを脅したな」

久蔵は読み、苦笑した。

「黙れ……」

黒川は、抜き打ちの一刀を鋭く放った。

久蔵は、跳び退いて躱した。

黒川は踏み込み、尚も鋭く斬り掛かった。

久蔵は、跳び退いて躱し続けた。

黒川は、嘲笑を浮かべて踏み込んだ。

刹那、久蔵は大きく踏み込んで躱し、黒川の横を擦り抜けた。

黒川は、慌てて振り返った。

一瞬早く、久蔵は振り返り様に横薙《よこな》ぎの一刀を放った。

閃光が走った。

黒川は、刀を構えたまま立ち竦んだ。

久蔵は、残心の構えを取った。

黒川は、腹から胸元に掛けて斬られてよろめき、思わず刀を杖にした。

「お、おのれ、秋山……」

黒川は、顔を苦しく歪めた。

「黒川、何故に観音の宗十郎と名乗った」

久蔵は尋ねた。

「宗十郎は人斬り観音の名だ……」

黒川は、悔しさを滲ませた。

「父親の名、黒川宗十郎か……」

「ああ。俺は人斬り観音の倅だと蔑まれ、恐れられて世間の隅に追いやられ、気が付いた時は盗賊になっていた。俺は世間に観音の宗十郎にされたのだ……」

黒川は、己を嘲笑った。

「黒川、だったら何故、おなつを脅した」

久蔵は、怒りを滲ませた。

「おなつ……」

黒川は、戸惑いを浮かべた。

「ああ。黒川、おなつはお前と同じ境遇にいながら家族を護り、懸命に生きている。そいつを何故、脅した……」

久蔵は、黒川を厳しく見据えた。

黒川は、顔を醜く歪め、刀を己の首の血脈に当てて引いた。

血が噴いた。

黒川は、哀し気な顔で斃れた。

久蔵は、斃れた黒川を冷たく見下ろした。

弥平次と由松が黒川に駆け寄り、その死を見定めた。

哀れな奴……。

久蔵は、黒川主水に怒りを覚えずにはいられなかった。

盗賊観音の宗十郎一味による薬種問屋『萬宝堂』の押込みは、未然に防がれた。

久蔵は、小頭の長五郎、武蔵坊弁吉たち観音の宗十郎一味の盗賊を死罪に処し、商人宿『安房屋』を取り壊した。

通いの奉公人、女中のおなつは、今日も居職の錺職の文七と幼い娘のおちよに見送られて家を出た。

あれから托鉢坊主の弁吉が現れる事はなく、穏やかな日々が続いている。

塗笠《ぬりがさ》を被った着流しの武士が、路地の入口に佇んでいた。

おなつは、塗笠を被った着流しの武士に会釈をして足早に擦れ違った。

塗笠を上げて見送った着流しの武士は、久蔵だった。

母親と瓜二つだった故に盗賊に付き纏われ、久蔵に助けられた。そして、瓜二つなのは顔だけではなく、境遇が瓜二つの者がいたのをおなつは知らない。

それで良い……。

久蔵は、足早に行くおなつを見送った。

おなつの足取りは軽かった。

久蔵は、おなつの幸せを祈った。

第四話

介錯人

一

両国広小路には見世物小屋や露店が連なり、多くの人々が訪れて賑わっていた。

両国橋の袂に並ぶ露店には、多くの客が訪れていた。

雲海坊と新八が柳橋からやって来た。

「相変わらずの賑わいですぜ……」

新八は、呆れたように雑踏を眺めた。

「ああ。よし、拙僧も一稼ぎさせて貰うか……」

雲海坊は、古びた饅頭笠を被り直して両国橋の露店の端に連なり、托鉢を始めようとした。

男の怒声があがり、行き交う人々が一斉に後退りした。

「雲海坊さん……」

新八は、緊張した面持ちで後退りした人々の方に進んだ。

雲海坊は続いた。

後退りした人々が恐ろしそうに見守る中では、背の高い若い武士が四人の浪人に囲まれていた。

「手前、何故、俺たちを尾行る……」

頭分の髭面の浪人は、若い武士を睨み付けて凄んだ。

「いや。尾行てなどおらぬ……」

若い武士は、穏やかに告げた。

「いや。尾行ている。俺たちを尾行てどうするつもりだ……」

髭面の浪人は怒鳴り、刀の柄を握った。

残る三人の浪人は身構えた。

「そうか。そう思われたのなら詫びる。済まなかった……」

若い武士は、僅かに頭を下げた。

「おのれ。とにかく詫びれば退くだろうと我らを侮り、形ばかりの謝罪か……」

「いや。違う……」

「ならば、土下座しろ。土下座して詫びろ」

髭面の浪人たちは熱《いき》り立った。

「土下座か……」

「そうだ。土下座だ……」

髭面の浪人は怒鳴った。

人々は眉をひそめて見守った。

「雲海坊さん……」

「ああ……」

雲海坊と新八は、固唾《かたず》を飲んで見守った。

若い武士は土下座するのか、それとも浪人共と闘うのか……。

雲海坊と新八、そして人々は見守った。

「分かった。土下座すれば良いのだな」

若い武士は、地面に座った。

見守る人々は騒《ざわ》めいた。

「若いのに、腰抜けですぜ……」

新八は眉をひそめた。

「うん……」

雲海坊は苦笑し、呼子笛を吹き鳴らした。

髭面の浪人たちは驚き、慌てた。

若い武士は、戸惑いを浮かべた。

「新八、お前も早く吹け……」

「は、はい……」

新八は、慌てて呼子笛を鳴らした。

「よ、横塚《よこづか》さん……」

浪人たちは狼狽えた。

「おのれ、行くぞ……」

横塚と呼ばれた髭面の浪人は、腹立たし気に両国橋を本所に向かった。

残る三人の浪人たちは続いた。

若い武士は、戸惑った面持ちで見送った。

「新八、何処の食詰めか、追ってみな」

雲海坊は命じた。

「合点です」

新八は、横塚たち浪人を追った。

見守っていた人々は、安堵の言葉を洩らして散り始めた。

若い武士は、立ち上がって袴《はかま》の汚れを払った。そして、柳原の通りに向かった。

雲海坊は追った。

両国広小路は、何事もなかったかのように賑わった。

両国橋を渡った横塚たち四人の浪人は、本所竪川《たてかわ》沿いの道に進んだ。

新八は尾行た。

横塚たち四人の浪人は、本所竪川沿いの道を進み、二つ目之橋の北詰にある百《もも》獣屋《んじや》の暖簾を潜った。

百獣屋の前には、『ご存じ、山鯨』などと書かれた看板が置かれていた。

百獣屋は、猪肉《ししにく》を山鯨や牡丹、鹿肉を紅葉、馬肉を桜などと称し、鍋などに仕立てて食べさせる店だ。

横塚たち浪人は、百獣屋で酒でも飲むつもりなのだ。

新八は見定めた。

肉の匂いが漂った。

神田川の流れは煌めいた。

背の高い若い武士は、神田川に架かっている和泉橋を渡り、御徒町の組屋敷が左右に連なる通りを進んだ。

雲海坊は尾行た。

若い武士は、落ち着いた足取りで進んだ。

御徒町の組屋敷に住んでいるのか、それとも知り合いの屋敷でも訪ねて来たのか……。

雲海坊は読み、充分な距離を取って尾行た。

行く手に桜の木のある組屋敷が見えた。

背の高い若い武士は、庭に桜の木のある組屋敷の木戸を潜った。

雲海坊は見定め、桜の木のある組屋敷に足早に進み、木戸門越しに玄関を窺った。

若い武士が、組屋敷に入って行くのが僅かに見えた。

雲海坊は見届けた。

此の組屋敷の者なのか……。

雲海坊は、組屋敷の主が誰なのか訊き込む事にした。


米屋の手代は、桜の木のある組屋敷を眺めながら托鉢坊主の雲海坊に丁寧に告げた。

「はい。小普請組《こぶしん》でお母上さまと二人暮らしの方にございますよ」

「速水左馬之助《はやみさまのすけ》さま……」

「御母堂さまと二人暮らし。して、速水左馬之助さま、どのような人柄ですかな」

雲海坊は訊いた。

「それはもう、お若いのに穏やかで、手前ども出入りの商人にも気軽に声を掛けてくれる方にございますよ」

手代は微笑んだ。

「ほう。そんな方ですか……」

穏やかで大人しい男……。

やはり、只の腰抜けなのか……。

雲海坊は眉をひそめた。

「はい。ですが、やっとうの方はかなりの遣い手だそうですよ」

手代は、囁くように告げた。

「やっとうの遣い手……」

雲海坊は戸惑った。

「ええ。酒屋の手代が見たそうなんですけどね。左馬之助さま、匕首を振り廻す五人の博奕打ちを棒切れ一本で打ちのめし、神田川に叩き込んだそうですよ」

手代は笑った。

「それはそれは……」

やはり、只の腰抜けではない……。

雲海坊は、思わず笑みを浮かべた。

蕎麦屋《そばや》『藪十《やぶじゅう》』は夕食の客も途絶え、由松、勇次、新八が酒を飲んでいるだけだった。

「で、新八、その若い侍、土下座したのか」

　勇次は、手酌で酒を飲みながら尋ねた。

「そいつが、若い侍が地面に座った処で雲海坊さんが呼子笛を吹き鳴らしましてね。食詰浪人ども、慌てて逃げちまいましたよ」

　新八は苦笑した。

「で、食詰浪人どもを尾行たのか……」

　由松は、手酌で酒を飲んだ。

「はい。雲海坊さんが尾行ろと……」

　新八は頷いた。

「雲海坊の兄貴がな……」

　由松は頷いた。

「で、その髭面の食詰浪人ども、何処の誰だったんだ」

　勇次は尋ねた。

「横塚源蔵《げんぞう》って髭面を頭に、本所界隈を縄張りにしている食詰浪人どもでして、強請集《たか》りに只飲み只食い。近所の鼻摘みでしたよ」

「そいつらなら、近頃、両国橋を渡ってこっちにも足を延ばしているぜ」

老亭主の長八《ちょうはち》が、板場から出て来た。

「へえ、そうなんですか、長八さん……」

勇次は迎えた。

蕎麦屋『藪十』の老亭主の長八は、岡っ引の柳橋の先代弥平次の古くからの手先だった。

「ああ。なあ、清吉……」

長八は、由松の酌で酒を飲んだ。

「はい。時々、所の地廻りと揉めていますぜ」

見習い蕎麦職人の清吉は、辺りを片付けながら頷いた。

「長八さん、熱い蕎麦を一杯頼むぜ……」

雲海坊が入って来た。

「おう……」

長八は、板場に入った。

「御苦労さんです」

勇次、新八、由松は、雲海坊を迎えた。

「おう。皆、来ていたかい……」

雲海坊は、饅頭笠を取り、草鞋を脱いだ。

「雲海坊の兄貴……」

由松が雲海坊に猪口を渡し、酌をした。

「おう。済まないな、由松……」

「いえ……」

「で、新八、食詰浪人どもの塒を突き止めたか……」

「はい。本所は回向院《えこういん》裏の潰れた飲み屋を塒にしていましてね。髭面の頭分は横塚源蔵って野郎でしたよ」

新八は報せた。

「そうか……」

雲海坊は頷いた。

「で、雲海坊さん、腰抜け侍、あれからどうしました」

新八は尋ねた。

「ああ。御徒町の組屋敷に帰ったよ」

「じゃあ、旗本か御家人ですか……」

「ああ。速水左馬之助って名前の御家人で、かなりの遣い手だそうだ」

「遣い手……」

「うん……」

「じゃあ、どうして土下座なんかしようとしたんですかね」

新八は眉をひそめた。

「さあて、なあ……」

「雲海坊の兄貴、食詰浪人ども、その速水左馬之助にどうして尾行ると、怒鳴っていたそうですね」

由松は訊いた。

「ああ。ひょっとしたら、その辺りが本当なのかもしれないか……」

雲海坊は笑った。

「ええ……」

由松は頷いた。

「へい、お待ち……」

清吉が、雲海坊に蕎麦を持って来た。

「おう。此奴は美味そうだ……」

雲海坊は、蕎麦を手繰り始めた。

夜廻りの木戸番の打つ拍子木の音が遠くに響いた。

本所竪川の流れに月影は揺れた。

元町の居酒屋から怒声が上がり、二人の食詰浪人が中年の亭主を引き摺り出して来た。

「お許しを、お許しを……」

中年の亭主は悲鳴を上げた。

「黙れ。俺たちが只飲み、只食いだと……」

食詰浪人たちは、中年の亭主の胸倉を鷲摑みにして怒鳴った。

「ま、間違えました。仰る通り、飲み食い代は用心棒代でした。お許し下さい」

亭主は、恐怖に声を震わせた。

「馬鹿野郎……」

食詰浪人たちは、亭主を殴り飛ばした。

亭主は悲鳴を上げて倒れた。

食詰浪人たちは、倒れた亭主を何度も蹴り飛ばした。

亭主は、頭を抱え身を縮めて悲鳴を上げた。

塗笠を目深に被った侍が現れ、二人の食詰浪人の襟首を摑んで背後に引き摺り倒し、投げ飛ばした。

「な、何だ、手前……」

食詰浪人は熱り立ち、刀を抜き放った。

塗笠を被った侍は、刀を構えた二人の食詰浪人に無造作に近付いた。

「お、おのれ……」

二人の食詰浪人は、猛然と斬り掛かった。

塗笠を被った浪人は、腰を僅かに沈めて刀を閃《ひらめ》かせた。

二人の食詰浪人は、首の血脈を断ち斬られて血を噴いて倒れた。

居酒屋の亭主は、恐怖に眼を瞠り激しく震えた。

塗笠を被った侍は、刀に拭いを掛けて音もなく立ち去った。


大川には様々な船が行き交っていた。

和馬は、迎えに来た清吉と共に両国橋を渡り、本所元町の自身番に急いだ。

二人の食詰浪人の死体は、元町の自身番の裏に敷かれた戸板の上に寝かされていた。

「ま、見て下さい……」

柳橋の幸吉は、二人の食詰浪人に掛けられていた筵を捲った。

和馬は、二人の食詰浪人の死体を検めた。

「二人共首の血脈を刎《は》ね斬られたか……」

和馬は眉をひそめた。

「他に傷はありません。二人共一太刀。かなりの遣い手ですね」

幸吉は読んだ。

「ああ。恐ろしい程のな……」

和馬は頷いた。

「そうですか……」

「で、仏の身許は……」

「此の界隈を縄張りにしている食詰でしてね。松坂町の潰れた飲み屋を塒にしている桑原《くわはら》秀次郎《ひでじろう》と白坂《しらさか》英助《えいすけ》です」

「して、殺された経緯、分かっているのか……」

「ええ。此の先にある居酒屋で飲み食いしたお代を用心棒代だと抜かし、亭主を甚振《いたぶ》っていた処に塗笠を被った侍が現れ、物も云わずに斬り棄てたそうです」

「塗笠を被った侍……」

和馬は、厳しさを滲ませた。

「ええ……」

幸吉は頷いた。

「そうか……」

和馬は、二人の食詰浪人の死体の傍から立ち上がった。

「ま。此の界隈でも鼻摘みの食詰、無頼の浪人。殺されて喜ぶ者はいても哀しむ者はいませんぜ」

幸吉は苦笑した。

「それだけ、恨んでいる者は多いか……」

「ええ……」

「何だか、気の乗らない一件だな」

和馬は苦笑した。

「ですが、殺しは殺し。仏たち食詰が塒にしている潰れた飲み屋に行ってみますか……」

「うん……」

和馬と幸吉は、本所松坂町に向かった。

回向院の鐘が巳《み》の刻四つ（午前十時）を報せた。

和馬と幸吉は、松坂町の片隅にある潰れた飲み屋にやって来た。

斜向かいの路地から勇次と新八が現れ、和馬と幸吉に駆け寄って来た。

「どうだ……」

幸吉は尋ねた。

「そいつが、屯《たむろ》している食詰浪人共、桑原と白坂が殺されたと聞いて直ぐに出て行ったそうでしてね。今、知らずに戻って来る者がいないか見張っている処です」

勇次は、潰れた飲み屋を見た。

「そうか。いろいろ調べられて大番屋に叩き込まれるのを恐れたか……」

幸吉は読んだ。

「ああ。間違いないな」

和馬は苦笑した。

「それから親分、和馬の旦那……」

「何だ、勇次……」

「新八……」

勇次は、新八を促した。

「はい。親分、神崎の旦那。あの潰れた飲み屋を塒にしていた食詰浪人共ですが、昨日、両国橋の袂で御家人と揉めていたんです」

新八は告げた。

「御家人と揉めていた……」

「ええ。尾行廻したとか、尾行廻さないとかで……」

「新八、その御家人、何処の誰か分かるか……」

「はい。雲海坊さんの話では、御徒町の組屋敷に住む速水左馬之助って名前の御家人だったと……」

「よし。新八、雲海坊を笹舟に呼んで来い」

「はい。じゃあ……」

新八は走り去った。

「勇次、助っ人を寄越す。引き続き此処を見張ってくれ」

「承知……」

勇次は頷いた。

二

御徒町の組屋敷街には、物売りの声が長閑《のどか》に響いていた。

和馬と幸吉は、雲海坊や新八と御徒町の通りをやって来た。

「御家人の名前は速水左馬之助、母親と二人暮らしです」

雲海坊は告げた。

「速水左馬之助、どんな人柄なのだ……」

幸吉は尋ねた。

「若いのに穏やかで物静か、町方の者とも気軽に言葉を交わすとか……」

「そいつは、若いのに出来た人柄だな」

和馬は感心した。

「おまけにかなりの遣い手……」

「かなりの遣い手だと……」

和馬は眉をひそめた。

「ええ。噂では……」

雲海坊は、小さく笑った。

「そうか……」

行く手に桜の木のある組屋敷が見えた。

「あの、桜の木のある組屋敷です」

雲海坊は告げた。

和馬、幸吉、新八は、桜の木のある速水屋敷を眺めた。

速水屋敷は静けさに覆われていた。

「よし。柳橋の、逢って来るか……」

和馬は告げた。

「はい。雲海坊、新八、此処で待っていな」

幸吉は命じた。

「承知……」

雲海坊と新八は頷いた。

和馬と幸吉は、速水屋敷に向かった。

速水屋敷を訪れた和馬と幸吉は、母親の弥生《やよい》に迎えられて座敷に通された。

弥生は、和馬と幸吉に茶を出した。

「どうぞ……」

「畏れ入ります」

和馬と幸吉は礼を述べた。

「左馬之助は直ぐに参りますので……」

弥生は、一礼して出て行った。

和馬と幸吉は、小さな吐息を洩らした。

「お待たせ致した。速水左馬之助です」

背の高い若い武士が現れ、名乗った。

「私は南町奉行所定町廻り同心神崎和馬。こっちは岡っ引の柳橋の幸吉です」

和馬は名乗り、幸吉を引き合わせた。

「そうですか。して、私に何か……」

左馬之助は、穏やかな笑みを浮かべた。

「付かぬ事をお伺いするが、昨夜はどちらかにお出掛けになったかな……」

和馬は尋ねた。

「昨夜ですか……」

左馬之助は、微かな戸惑いを浮かべた。

「左様……」

「屋敷におりましたが……」

左馬之助は、和馬を見詰めた。

「夜中も……」

和馬は畳み掛けた。

「ええ……」

左馬之助は頷いた。

「証明してくれる方は……」

「母です」

左馬之助は苦笑した。

「母上さまですか……」

「身内の言葉は信用できませんか……」

「いえ。そんな事はありません」

和馬は苦笑した。

「神崎どの、昨夜、何があったのです」

「本所で無頼の食詰浪人が二人、斬り殺されましてね」

和馬は、左馬之助の反応を探った。

「ほう。浪人が二人、斬り殺されましたか……」

左馬之助は、驚きも狼狽えもせず、取り立てた反応は見せなかった。

「ええ……」

和馬は頷いた。

「その一件に私が拘っているとでも……」

左馬之助は、和馬に笑い掛けた。

穏やかな眼差し……。

「ええ。速水どの、おぬし、昨日、両国橋の袂で食詰浪人共と揉めましたな……」

和馬は、左馬之助を見据えた。

「流石に良く御存知ですね。如何にも揉めましたが、それがどうかしましたか
……」

左馬之助は、和馬に訊き返した。

「何故に揉めたのです」

「私が奴らを尾行廻したと云いましてね。云い掛かりですよ」

左馬之助は苦笑した。

「左様ですか……」

「はい……」

左馬之助は、穏やかな笑みを浮かべた。

「そうですか、良く分かりました。急に訪れ、申し訳ありませんでしたな。ならば、此れにて……」

「お役目、御苦労にござった……」

「いいえ。ああ、最後に一つ。速水どの、剣は何流ですかな……」

「剣は神道無念流《しんとうむねんりゅう》の撃剣館《げきけんかん》です」

「ほう。撃剣館ですか……」

「はい……」

左馬之助は、穏やかに頷いた。

「どう思う……」

和馬は、速水屋敷を振り返った。

「穏やかな人柄は間違いありませんね」

幸吉は笑った。

「うん……」

「受け答えにも、後ろめたさは感じられませんでしたよ」

幸吉は告げた。

「うむ。もし、殺ったとしても、己は正しい事をしたとの、確かな信念があるのかもしれないな」

和馬は読んだ。

「ええ……」

幸吉は頷いた。

「和馬の旦那、親分……」

雲海坊と新八が現れた。

「雲海坊、新八、速水左馬之助さんは何の拘わりもないと云っているが、暫く見張ってくれ……」

幸吉は命じた。

「心得ました」

雲海坊と新八は頷いた。

「雲海坊、新八、速水左馬之助は神道無念流の遣い手だ。呉々《くれぐれ》も気を付けてな」

和馬は、厳しい面持ちで告げた。

「承知……」

雲海坊と新八は頷いた。

「柳橋の、俺は南町奉行所に戻るぜ」

「はい。あっしはちょいと撃剣館に行ってみますぜ」

和馬は南町奉行所に、幸吉は神田猿楽町にある神道無念流の撃剣館に向かった。


本所松坂町の潰れた飲み屋に人の出入りはなかった。

勇次は、駆け付けて来た清吉と一緒に見張りを続けていた。

「食詰浪人共、次は自分が襲われるかもしれないと怯えて姿を消したんでしょうね」

清吉は読んだ。

「ああ。いろいろ恨みをかっているのは良く分かっているようだ」

勇次は苦笑した。

「勇次の兄貴……」

清吉は、やって来る中年浪人を示した。

「食詰浪人の仲間かな……」

勇次と清吉は、物陰に潜んでやって来た中年浪人を見守った。

中年浪人は、潰れた飲み屋に入って行った。そして、怪訝な面持ちで直ぐに出て来た。

勇次と清吉は見守った。

中年浪人は、本所割下水《わりげすい》に向かった。

「よし。追うぜ……」

「合点です」

勇次と清吉は、中年浪人を追った。


南町奉行所内は静かだった。

和馬は、吟味方与力秋山久蔵の用部屋を訪れ、本所元町で二人の食詰浪人が首の血脈を斬られて殺された件と御家人速水左馬之助の事を報せた。

「無頼の食詰浪人が二人か……」

久蔵は苦笑した。

「はい。斬った者はかなりの遣い手かと……」

和馬は告げた。

「うむ。間違いあるまい。して、その速水左馬之助は神道無念流の遣い手なのだな」

「はい……」

「そうか……」

久蔵は眉をひそめた。

「秋山さま、何か……」

「和馬、此の遣い手、まだまだ無頼の食詰浪人共を斬るだろうな」

久蔵は読んだ。

「おそらく……」

和馬は頷いた。

「ならば、暫く様子を見るのも面白いか……」

久蔵は、冷笑を浮かべた。

遣い手に無頼の食詰浪人共を皆殺しにさせるつもりなのか……。

和馬は、久蔵の腹の内を読んだ。

「だが、そうも参らぬ」

久蔵は苦笑した。

「ならば、秋山さま……」

和馬は、久蔵の出方を窺った。

「うむ。此れ以上、遣い手に人を斬らせぬ為には、無頼の食詰浪人共を一刻も早く見付け出して捕らえるしかあるまい」

久蔵は、不敵な笑みを浮かべた。


本所割下水は、御竹蔵の裏にある組屋敷街を東西に流れて横川に続いている。

中年浪人は、本所割下水沿いを東に進んだ。

勇次と清吉は尾行た。

中年浪人は、割下水沿いの道を抜けて横川に出た。そして、横川沿いを北に曲がった。

「何処に行くんですかね」

「さあてな……」

勇次と清吉は追った。

中年浪人は、横川に架かっている法恩寺橋を渡り、法恩寺の門前を抜けて横手に曲がり、柳島村に入った。

柳島村は押上村に続き、田畑の緑が広々と続いていた。

中年浪人は、柳島村の田舎道を進んだ。

勇次と清吉は尾行た。

中年浪人の行く手には小さな雑木林があり、古い小さな寺があった。

「行き先、あの古寺ですかね……」

清吉は読んだ。

「きっとな……」

勇次は、緊張した面持ちで頷いた。

中年浪人は、雑木林の中の小さな古寺の山門を潜った。

勇次と清吉は、古寺の山門に走った。そして、山門の陰から境内を窺った。

中年浪人は、雑草の伸びた荒れた境内を進み、庫裏《くり》に入って行った。

勇次と清吉は見届けた。

「広蓮寺《こうれんじ》か……」

勇次は、山門に掲げられている扁額の消え掛かった文字を読んだ。

「ちょいと中を窺って来ましょうか……」

清吉は勇んだ。

「慌てるな、清吉。先ずは此の広蓮寺が無住なのかどうかだ」

勇次は告げた。

「じゃあ、勇次の兄貴。ちょいと聞き込んで来ます」

清吉は、田畑の向こうの柳島町を眺めた。

「うん。そうしてくれ……」

「じゃあ……」

清吉は、田舎道を柳島町に走った。

勇次は木立の陰に潜み、広蓮寺を見張った。

広蓮寺は、雑木林の静けさに沈んでいた。

夕陽は御徒町を照らした。

桜の木の枝葉は微風に揺れた。

速水屋敷の木戸門が開き、速水左馬之助が出て来た。

左馬之助は辺りを見廻し、塗笠を目深に被って神田川に向かった。

雲海坊と新八が現れ、左馬之助を追った。

左馬之助は、落ち着いた足取りで進んだ。

「神道無念流の遣い手ですか……」

「ああ……」

「とんだ腰抜けですね」

新八は苦笑した。

「ああ。腰抜けの振りをしたのは、狂言だったのかもな」

雲海坊は読んだ。

「ええ。で、食詰浪人共を油断させてばっさりですか……」

新八は、神田川沿いの道を両国広小路に向かう左馬之助を眺めた。

左馬之助の後ろ姿は、夕陽に照らされて影を長く伸ばしていた。


柳島村広蓮寺は夕暮れに覆われ、庫裏に明かりが灯された。

勇次は、雑木林の木立の陰に潜んで広蓮寺に出入りする者を見張った。

中年浪人は、広蓮寺に入ったまま出て来てはいなかった。出て来ないのは、仲間の食詰浪人共がいるからなのだ。

勇次は読んでいた。

「兄貴……」

清吉が、聞き込みから戻って来た。

「おう。何か分かったか……」

勇次は迎えた。

「広蓮寺、一年前迄は無住の寺だったんですが、怪しげな托鉢坊主がいつの間にか住み着いているそうですぜ」

「それから、食詰浪人共が出入りするようになったか……」

勇次は読んだ。

「はい……」

「怪しげな托鉢坊主の名は……」

「良沢《りょうたく》とか……」

「良沢、どんな奴かな……」

「背の高い野郎で、噂じゃあ元は侍だったそうですぜ」

「元は侍……」

勇次は眉をひそめた。

「ま、噂ですから、本当かどうか分かりませんがね」

清吉は、広蓮寺を眺めた。

明かりの灯されている庫裏の腰高障子が開き、四人の食詰浪人が出て来た。

勇次と清吉は、木立の陰から見守った。

「横塚……」

背の高い坊主が庫裏から現れ、髭面の浪人を呼び止めた。

「何だ。良沢……」

「昨日の今日だ。気を付けてな……」

「ああ。心配するな。行くぞ」

横塚は、食詰浪人たちを促して出掛けて行った。三人の食詰浪人たちの中には中年浪人もいた。

良沢は見送り、庫裏に戻って行った。

「あの坊主が良沢ですね」

清吉は睨んだ。

「ああ。よし、横塚たちを追うぜ」

「はい……」

勇次と清吉は、横塚たち四人の食詰浪人を追った。


本所回向院裏の盛り場は、酔客で賑わっていた。

速水左馬之助は、塗笠を目深に被って盛り場をうろついた。

雲海坊と新八は、左馬之助を尾行た。

「誰かを捜しているようですね」

新八は読んだ。

「ああ。強請集りの食詰浪人を捜しているのかもな……」

雲海坊は頷いた。

左馬之助は、誰かを捜すかのように盛り場を歩き廻った。

雲海坊と新八は、慎重に尾行した。

居酒屋は賑わった。

「じゃあ、速水左馬之助さん、近頃は撃剣館に来ちゃあいないんですか……」

幸吉は、撃剣館の老下男に酒を勧めた。

「済まねえな。ああ……」

老下男は、幸吉の酌を受けながら頷いた。

「そいつは、免許皆伝の印可を受けたからですかね」

「いや。免許皆伝になっても道場に来て稽古は続けるもんだよ」

「じゃあ、どうして……」

幸吉は、戸惑いを浮かべた。

「うん。速水さん、仲の良かった道場仲間の菅原蔵人《すがわらくろうど》さんって方が撃剣館を辞めた所為なのかもしれないな……」

「道場仲間の菅原蔵人さんは、どうして……」

「何でも、御新造が半年前、大川に身投げをして死んだのを苦にされての事だそうだよ」

老下男は囁き、酒を飲んだ。

「身投げ……」

幸吉は眉をひそめた。

居酒屋には、酔客の笑い声が賑やかに響いた。

本所元町の盛り場に怒声があがった。
塗笠を目深に被った速水左馬之助は、怒声のあがった処に急いだ。
雲海坊と新八は追った。

三

盛り場の辻では、数人の博奕打ちと地廻りが入り乱れて喧嘩をしていた。
酔客たちは面白がり、囃《はや》し立てていた。
左馬之助は、酔客の背後から喧嘩をしている博奕打ちと地廻りを見て苦笑した。
雲海坊と新八は、左馬之助を見守った。
左馬之助は、その場を離れた。
雲海坊と新八は続いた。
横塚たち無頼の食詰浪人は、回向院裏松坂町の盛り場に進んだ。
勇次と清吉は尾行た。

盛り場に来た横塚たち四人の食詰浪人は、二手に別れて盛り場に入った。

「勇次の兄貴……」

「ああ……」

勇次は横塚と中年浪人、清吉は残る二人の食詰浪人を追った。


横塚と中年浪人は、誰かを捜すかのように盛り場を歩き廻った。

勇次は尾行た。

横塚と中年浪人は、盛り場の外れにある居酒屋の暖簾を潜った。

勇次は、僅かに間を取って居酒屋に入った。


「いらっしゃい……」

居酒屋の若い衆が勇次を迎えた。

「おう。酒を貰おうか……」

勇次は注文し、横塚と中年浪人が奥で酒を飲んでいるのを見定め、戸口の傍に座った。

「お待たせ……」

若い衆が、勇次に酒を持って来た。

「おう。来ているのかい……」

勇次は、馴染みを装い、眉をひそめて横塚と中年浪人を示した。

「ええ。強請集りの食詰浪人、飲み残しの酒でも飲ませてやりますよ」

若い衆は、腹立たし気に吐き棄てた。

「ああ。棄てる酒なら只で飲ませても、惜しくはねえか……」

勇次は苦笑し、手酌で酒を飲んだ。


二人の食詰浪人は、盛り場に誰かを捜し歩いた。

清吉は尾行た。

二人の食詰浪人は、松坂町の盛り場から元町に向かった。

清吉は追った。


速水左馬之助は、元町の盛り場の外れにある飲み屋に入った。

捜す相手がいなければ直ぐに出て来る……。

雲海坊と新八は、飲み屋の前で左馬之助の出て来るのを待った。

二人の食詰浪人が松坂町から現れ、飲み屋の前を通り過ぎて行った。

雲海坊と新八は見送った。

清吉が、二人の食詰浪人を追って来た。

「おう、清吉……」

雲海坊が気が付いた。

「あっ。雲海坊さん、新八……」

清吉は戸惑った。

「食詰浪人か……」

通り過ぎた二人の食詰浪人を眺めた。

「はい。雲海坊さんたちは……」

「速水左馬之助をな……」

雲海坊は、飲み屋を示した。

刹那、元町の盛り場から男の怒声と悲鳴が上がった。

清吉と新八は、弾かれたように元町の盛り場に走った。

雲海坊は、飲み屋を見守った。

左馬之助が飲み屋から現れ、雲海坊に気が付いた。

「御坊、今の叫び声は……」

「元町からですよ」

雲海坊は、元町を眺めた。

「造作を掛けた……」

左馬之助は、元町に走った。

雲海坊は続いた。


元町の盛り場の外れには、近所の店の者や酔客が恐ろしそうに佇んでいた。

「退いてくれ」

清吉と新八が駆け寄って来た。

店の者や酔客の視線の先には、二人の食詰浪人が血に塗れて倒れていた。

清吉と新八は、倒れている二人の食詰浪人を検めた。

二人の食詰浪人は、首の血脈を斬られて死んでいた。

「死んでいる……」

「こっちもだ。清吉、此奴らは……」

「ああ。例の食詰浪人共だ……」

清吉は頷いた。

「お前たち、何処の者だい……」

自身番の者と木戸番が駆け付けて来た。

「あっしたちは岡っ引の柳橋の幸吉の身内です。南の御番所に報せて下さい」

新八は告げた。

「は、はい……」

木戸番は、慌てて走り去った。

「誰か、斬った奴を見た人はいますか……」

清吉は、店の者や酔客に訊いた。

「笠を被った侍だ。笠を被った侍が斬ったんだ。俺は見たぜ」

酔客の一人が声を震わせた。

「笠を被った侍ですか……」

「ああ……」

酔客は頷いた。

「新八、俺、勇次の兄貴に報せるぜ」

「うん……」

清吉は松坂町の盛り場に走り、新八は斬った奴を見た酔客に聞き込みを始めた。

左馬之助が店の者や酔客の背後に現れ、塗笠を上げて斃れている二人の浪人を見詰めた。

「此れは此れは……」

雲海坊が、酔客の聞き込みを終えた新八の傍に出て行った。

「速水が来ている。俺は面が割れた。後を頼む。御気の毒に、拙僧が経を読んで差し上げよう……」

雲海坊は、饅頭笠を取りながら新八に囁き、経を読み始めた。

新八は、その場を離れた。

左馬之助は、二人の食詰浪人の死を見定めてその場を立ち去った。

新八は追った。

雲海坊の読む経は、元町の盛り場に響いた。

居酒屋から勇次が出て来た。

「勇次の兄貴、捜しましたぜ」

清吉が駆け寄って来た。

「おう。どうした……」

「食詰浪人の二人、殺されました」

清吉は、息を鳴らして報せた。

「二人の食詰が殺られた……」

勇次は眉をひそめた。

「はい。二人共、首を斬られて。で、横塚たちは此処ですか……」

清吉は、居酒屋を見た。

「ああ。酒や食い物を集っているぜ。で、殺ったのは……」

「笠を被った侍。昨夜と同じです」

「速水左馬之助か……」

「いえ。速水は雲海坊さんと新八が見張っていました」

「じゃあ、別の……」

「きっと……」

清吉は頷いた。

居酒屋には客が出入りした。

「そうか。本所元町で食詰浪人が二人、又斬られたか……」

久蔵は、厳しさを滲ませた。

「はい。首の血脈を斬られて……」

和馬は告げた。

「同じ手口か……」

「はい。同じ者の仕業かと……」

和馬は頷いた。

「して、斬ったのは速水左馬之助か……」

久蔵は尋ねた。

「それが秋山さま、速水左馬之助さんは雲海坊が見張っておりました」

幸吉は、戸惑った面持ちで告げた。

「ならば、速水左馬之助ではないのか……」

「はい……」

幸吉は頷いた。

「そうか、速水左馬之助ではないか……」

「はい。少なくとも昨夜の殺しに関しては……」

幸吉は眉をひそめた。

「ならば、速水左馬之助、昨夜、本所元町に何しに行ったのだ……」

「雲海坊の話では、誰かを捜し廻っていたそうです」

「それなのですが、秋山さま。柳橋が神道無念流の撃剣館の下男に聞いたそうなのですが、速水左馬之助、親しくしていた道場仲間の菅原蔵人なる者が撃剣館を辞めてから、道場に来なくなったと聞いたとか……」

和馬は告げた。

「菅原蔵人、何者だ……」

「はい。小普請組の御家人です」

幸吉は頷いた。

「その菅原蔵人、何故に撃剣館を辞めたのだ」

「何でも半年前に御新造が大川に身投げをしたのを苦にしての事だとか……」

「御新造が身投げ……」

久蔵は眉をひそめた。

「はい……」

「和馬、その御家人の菅原蔵人と御新造、急ぎ調べてみな」

久蔵は命じた。

「はい。では……」

和馬は、久蔵に一礼して足早に出て行った。

「して、柳橋の。食詰浪人共、松坂町の潰れた店から何処に塒を移したのだ」

「そいつが、良沢って侍崩れの坊主のいる柳島村の広蓮寺って荒れ寺に。勇次たちが突き止め、見張っています」

「侍崩れの良沢……」

「はい……」

「よし。柳橋の。柳島村の広蓮寺から眼を離すな」

「秋山さま……」

幸吉は、久蔵に緊張した眼を向けた。

「おそらく、次は広蓮寺に現れる筈だ……」

久蔵は、不敵に云い放った。

柳島村の田畑の緑は微風に揺れた。

小さな雑木林に囲まれた広蓮寺は、昨夜遅くに横塚と中年浪人が帰って来てから出入りする者はいなかった。

　勇次と清吉は、雑木林に潜んで見張った。

「此処か……」

　幸吉がやって来た。

「親分……」

　勇次と清吉は迎えた。

「広蓮寺か……」

　幸吉は、広蓮寺を窺った。

「ええ……」

「で、良沢と横塚たちはいるんだな」

　幸吉は訊いた。

「はい。昨夜、横塚と中年の浪人、仲間の食詰浪人の二人が斬り殺されたと知り、慌てて帰って来ましたよ」

　勇次は苦笑した。

「そうか……」

「親分……」

由松が現れた。

「おう。どうだった……」

「今の処、広蓮寺の裏や横手に妙な野郎はいませんぜ」

由松は告げた。

「そうか……」

「由松さん……」

「勇次、此れから広蓮寺の周りは俺が見張るぜ」

「は、はい……」

「勇次、清吉、秋山さまの睨みじゃあ、食詰浪人殺し、次は此の広蓮寺に現れるそうだ」

幸吉は報せた。

「そうですか……」

勇次と清吉は緊張した。

「相手は情け容赦のない遣い手。現れても決して危ない真似はするんじゃあない」

幸吉は、厳しい面持ちで命じた。

雑木林の梢は吹き抜ける風に鳴った。

御徒町の速水屋敷の桜の木は、枝葉を微風に揺らしていた。

雲海坊と新八は見張っていた。

「速水さん、食詰浪人殺しを捜しているんですかね」

新八は読んだ。

「きっとな……」

「だったら、夜まで動きませんかね」

「うむ……」

「あれ……」

新八は、連なる組屋敷の辻を足早に横切って行く和馬に気が付いた。

「神崎の旦那ですよ」

「うん……」

雲海坊は、怪訝な面持ちで辻を眺めた。

「何か調べているんですかね」

「よし。此処は俺が引き受ける。和馬の旦那の助っ人に行きな」

「承知、じゃあ……」

新八は、和馬を追った。


和馬は、御徒町の隣の下谷練塀小路にやって来た。

左馬之助と昵懇《じっこん》の仲の菅原蔵人は、下谷練塀小路の組屋敷に住んでいた。

和馬は、菅原蔵人と身投げした御新造を調べに来たのだった。

「神崎の旦那……」

新八が背後に現れた。

「おう。新八、速水左馬之助の見張りか……」

「ええ。ですが、夜まで動かないだろうから、旦那のお手伝いをしろと。雲海坊さんが……」

新八は告げた。

「そいつは、ありがたい……」

和馬は喜んだ。

「で、何を……」

「うん……」

和馬は、何を調べるか新八に教えた。

本所竪川には荷船の船頭の歌う唄が長閑に響いていた。

塗笠を被った侍は、竪川に架かっている四つ目之橋から四ツ目通りを北に進んだ。

四ツ目通りは本所竪川から北十間川迄を結び、途中に大名家下屋敷が並び、柳島町があって柳島村や押上村がある。

塗笠を被った侍は、柳島町を抜けて柳島村に入った。

柳島村の田畑の緑は風に揺れた。

塗笠を被った侍は、田畑の間の田舎道を進んだ。

行く手に小さな雑木林が見えた。

塗笠を被った侍は立ち止まった。そして、塗笠を上げ、暗い眼差しで小さな雑木林を眺めた。

小さな雑木林の中には、広蓮寺の屋根が僅かに見えた。

「外道……」

めた。

塗笠を被った侍は、広蓮寺に向かって憎悪を込めて吐き棄て、来た道を戻り始めた。

由松が田畑の緑の陰から現れ、塗笠を被った侍を追った。


「そうか、やはり下谷練塀小路の組屋敷に菅原蔵人はいないか……」

久蔵は眉をひそめた。

「はい。近所の者の話では、十日程前に出掛けたまま、帰らないそうです」

和馬は告げた。

「十日程前に出掛けたまま……」

「はい。それで、新八と屋敷内を秘かに調べた処、仏壇に半年前に身投げした御新造の位牌はありませんでした」

「御新造の位牌……」

「ええ。何処迄も一緒だと、持って出たのかもしれません」

和馬は、菅原蔵人の気持ちを読んだ。

「和馬。菅原蔵人の御新造の身投げに良沢や横塚たち食詰浪人が絡んでおり、菅原はそれを恨み、斬り棄てているのかもしれぬな」

久蔵は読んだ。

「はい……」

和馬は頷いた。

「その辺りの事を知っている者は……」

「今の処、おりません。ですが……」

「速水左馬之助は知っているかもしれぬか……」

久蔵は、和馬の睨みを読んだ。

「はい。おそらく。そして、左馬之助は菅原蔵人を止めようと、捜しまわっているのかもしれません」

「うむ。よし、和馬。速水左馬之助に逢ってみる……」

久蔵は笑みを浮かべた。

四

桜の木の枝葉が揺れ、木洩れ日は煌めいた。

「して、秋山さま、私に何用ですか……」

速水左馬之助は、久蔵を見詰めた。

「本所で無頼の食詰浪人共の首の血脈を刎ね斬っているのは、菅原蔵人だな」

久蔵は、真っ向から踏み込んだ。

「あ、秋山さま……」

左馬之助は、駆け引きなしの久蔵に思わず狼狽えた。

「そして、おぬしは菅原の凶行を辞めさせようと夜な夜な探し廻っている。そうだな……」

久蔵は、左馬之助に笑い掛けた。

「は、はい……」

左馬之助は、項垂れるように頷いた。

「して、菅原蔵人がそのような真似をするのは、半年前、大川に身投げをした御新造と拘わりがあるのだな」

「秋山さま……」

「御新造と食詰浪人、何があったのか。知っているのなら、話してくれ」

「そ、それは……」

左馬之助は、迷い躊躇った。

「左馬之助どの、無頼の食詰浪人共は我々が捕え、厳しく仕置きをする。事と次第によっては、菅原蔵人、食詰浪人たちと尋常の立ち合いをさせても良い……」

久蔵は、左馬之助を見据えた。

「まことですか……」

「約束する……」

久蔵は頷いた。

「秋山さま、菅原蔵人の御新造の弓絵《ゆみえ》さんは、半年前、良沢と申す偽坊主の正体を暴き、懲らしめました。良沢はそれを恨み、横塚源蔵と云う食詰浪人たちに弓絵さんを拉致させて弄《もてあそ》んだのです……」

左馬之助は、悔し気に顔を歪めた。

「そして、御新造は大川に身投げされたか……」

「如何にも。そして、それを知った菅原蔵人は……」

「無頼の食詰浪人共の首の血脈を刎ね斬って殺し始めた……」

「左様にございます」

「そうか、良く分かった。ならば、偽坊主の良沢と食詰浪人の横塚共を早々にお縄にしてくれる」

久蔵は、冷笑を浮かべた。

「秋山さま、奴らが何処に潜んでいるのか御存知なのですか……」

「うむ。奴らは本所柳島村の広蓮寺と云う荒れ寺にいる。此れから行くが、一緒に来るかな……」

久蔵は、笑顔で誘った。


本所竪川に架かっている四つ目之橋を南に渡り、真っ直ぐに進むと深川小名木川に出る。

塗笠を被った侍は、小名木川沿いの道にある五本松に進んだ。

食詰浪人殺しか……。

由松は、充分に距離を取り、慎重に尾行た。

塗笠を被った侍は、竪川と小名木川を結ぶ横十間堀に架かる大島橋を渡り、下大島町の角を北に曲がった。

亀戸《かめいど》村……。

由松は、塗笠を被った侍が曲がった先に亀戸村があり、羅漢寺があるのを知っていた。

由松は尾行た。
塗笠を被った侍は、亀戸村に進んで羅漢寺の裏に廻った。
本所羅漢寺は緑の田畑に囲われていた。
塗笠を被った侍は、羅漢寺の裏の田畑の中にある軒の下がった百姓家に入って行った。
由松は、緑の田畑に潜んで見届けた。
食詰浪人殺しかどうか見定める……。
由松は、軒の傾いた小さな百姓家に近付いた。
そして、百姓家の中を窺った。
暗くて黴《かび》の臭いに満ちた家の中では、塗笠を取った侍が位牌に手を合わせていた。
由松は眉をひそめた。
広蓮寺は雑木林に沈んでいた。
幸吉、勇次、清吉は、雑木林の中から見張り続けていた。

「親分……」

新八が駆け寄って来た。

「おう……」

幸吉は迎えた。

「和馬の旦那と雲海坊さんが来ています」

「うん。勇次、清吉、此処を頼むぜ」

「承知……」

幸吉は、勇次と清吉を残し、新八と共に雑木林を出て行った。

雑木林の外には、和馬と雲海坊が来ていた。

「どうだ……」

「良沢と横塚源蔵共、明るい内は動かないつもりかも……」

幸吉は苦笑した。

「暗くなったら動くか、獣のような奴らだな」

和馬は嘲笑した。

「雲海坊、新八、速水左馬之助さんは……」

幸吉は尋ねた。

「秋山さまと一緒に来る手筈です」

雲海坊は告げた。

「秋山さまと……」

幸吉は、和馬に怪訝な眼を向けた。

「うん。柳橋の、食詰浪人共を斬り棄てていたのは、どうやら菅原蔵人だ……」

和馬は告げた。

「やはり、そうでしたか……」

幸吉は頷いた。

「親分、和馬の旦那……」

由松が、駆け寄って来た。

「どうした、由松……」

「はい。塗笠を被った侍が広蓮寺を窺い、亀戸村の羅漢寺の裏に……」

由松は報せた。

「何……」

和馬は眉をひそめた。

「親分、和馬の旦那、秋山さまです……」

新八が、やって来る久蔵と速水左馬之助を示した。

久蔵は、幸吉と由松から状況を聞いた。

「よし。左馬之助どの、聞いての通りだ。此れから菅原蔵人の処に行き、連れて来られるかな……」

「良沢や横塚共と尋常の立ち合いをさせてくれるのなら……」

「分かった。約束する」

久蔵は微笑んだ。

「ならば、何としてでも……」

左馬之助は頷いた。

「よし。由松、案内してやりな。俺たちは良沢と横塚たちを見張っている」

「承知。じゃあ……」

由松は頷き、左馬之助を目顔で促した。

「では……」

由松と左馬之助は、亀戸村の羅漢寺に急いだ。

久蔵は見送った。

「秋山さま……」

和馬は眉をひそめた。

「和馬、柳橋の。密かに追い、万が一の時は由松を護れ」

「心得ました」

和馬と幸吉は、由松と左馬之助を追った。

「雲海坊、新八。広蓮寺の裏を見張れ」

久蔵は命じた。

「承知……」

雲海坊と新八は、広蓮寺の裏に駆け去った。

久蔵は、広蓮寺を眺め、取り囲んでいる小さな雑木林に進んだ。

刻は過ぎた。

広蓮寺を取り囲む小さな雑木林は、梢を風に鳴らした。

久蔵は、勇次や清吉と広蓮寺を見張った。

「秋山さま。菅原蔵人、大人しく来ますかね」

勇次は眉をひそめた。

「勇次、菅原は良沢や横塚を斬って死ぬ覚悟だ。必ず来るさ……」

久蔵は、小さな笑みを浮かべた。

「秋山さま……」

幸吉が駆け寄って来た。

「どうだった……」

「菅原蔵人が来ます……」

幸吉は、雑木林の中の広蓮寺に続く小径を示した。

由松が左馬之助や菅原蔵人とやって来た。

「よし……」

久蔵は頷き、由松、左馬之助、菅原蔵人に向かった。

雑木林から久蔵が現れた。

左馬之助と菅原蔵人は立ち止まった。

和馬が背後から現れ、由松と並んだ。

幸吉、勇次、清吉が出て来た。

菅原蔵人は、静かに身構えた。

「秋山さま……」

左馬之助は、久蔵に縋る眼を向けた。

「うん。お前が菅原蔵人か……」

久蔵は、菅原蔵人を見据えた。

「はい……」

菅原は、久蔵を見返した。

「今、良沢と横塚源蔵たちを広蓮寺から追い出す。尋常に立ち合いな」

久蔵は笑った。

「忝のうございます」

菅原蔵人は、久蔵に深々と頭を下げた。

「よし。和馬、由松、勇次、裏に廻り、見張っている雲海坊や新八と、良沢と横塚たちを広蓮寺から追い出しな」

久蔵は命じた。

「心得ました。由松、勇次……」

和馬は、由松や勇次と裏手に走った。

「菅原蔵人、良沢と横塚を斬り棄て、御新造の恨みを晴らしたら大人しくお縄を受けて貰うよ」

久蔵は笑い掛けた。

「覚悟の上です」

菅原は頷いた。

「よし。後の始末は、此の秋山久蔵が引き受けた」

「宜しくお願いします」

菅原は、穏やかな笑みを浮かべた。

広蓮寺から男たちの怒声が上がり、激しい物音が響いた。

菅原蔵人は、境内に進み出た。

久蔵、左馬之助、幸吉、清吉が続いた。

広蓮寺の庫裏の腰高障子が蹴破られ、横塚源蔵、良沢、中年浪人が転がるように逃げ出して来た。

和馬、由松、勇次、新八、雲海坊が追って庫裏から現れた。

横塚、良沢、中年浪人は逃げた。

菅原蔵人が立ちはだかった。

横塚、良沢、中年浪人は立ち竦んだ。

和馬、幸吉、由松、勇次、新八、清吉、雲海坊は、素早く取り囲んだ。

左馬之助は、菅原の背後に控えた。

久蔵は見守った。

「な、何だ……」

横塚源蔵は、顔と嗄れ声を恐怖に引き攣らせた。

「偽坊主の良沢、横塚源蔵、亡き妻の恨みを晴らす……」

菅原は、静かな声音で告げた。

「悪いのは良沢だ。何もかも良沢が仕組んで、俺は金で雇われただけだ……」

横塚は、髭面を醜く歪めた。

「おのれ、横塚。お前こそ、その昔、酔って暴れて菅原に懲らしめられたのを恨んで……」

良沢は喚いた。

「黙れ……」

菅原の一喝が鋭く響いた。

良沢と横塚は凍て付いた。

「亡き妻の恨みを晴らす。尋常に勝負を致せ」

菅原は進み出た。

「お、おのれ……」

横塚は声を震わせ、菅原に猛然と斬り掛かった。

菅原は踏み込み、抜き打ちの一刀を鋭く放った。

金属音が甲高く響いた。

横塚は刀を弾かれ、僅かに仰け反った。

菅原は、尚も踏み込んで刀を閃かせた。

横塚は立ち竦んだ。

菅原は、擦れ違って振り向いた。

横塚の首から血が噴き出した。

菅原は、横塚を冷たく見据えた。

横塚は、首の血脈を断ち斬られ、血を振り撒いて倒れた。

良沢と中年浪人は恐怖に駆られ、悲鳴を上げて逃げ惑った。

和馬、幸吉、由松、勇次、新八、清吉、雲海坊は逃げ道を塞ぎ、余りの醜さに眉を顰《ひそ》めて見守った。

「良沢、潔く尋常の立ち合いを致せ……」

左馬之助が進み出て、良沢と中年浪人を牽制した。

「おのれ……」

良沢は刀を震わせ、悲鳴のような喚き声をあげて菅原に突進した。

菅原は、刀を鋭く斬り下げた。

閃きが走った。

良沢は、額から血を流して仰向けに斃れた。

「助けて、助けてくれ……」

中年浪人は、刀を投げ棄てて土下座し、必死に命乞いをした。

「縄を打て……」

和馬は命じた。

勇次が新八や清吉と中年浪人に駆け寄り、素早く捕り縄を打った。

雲海坊と由松は、横塚源蔵と良沢の死を見定めた。

菅原は、鋒《きっさき》から血の滴る刀を地面に突き立て、大きく息を吐いた。

「良くしてのけた、蔵人……」

左馬之助は、菅原に近付いた。

「左馬之助、いろいろ迷惑と心配を掛けたな」

菅原は、左馬之助に頭を下げて詫びた。

「蔵人……」

「秋山さま……」

菅原は、久蔵の前に進んで座った。

「菅原蔵人、見事だ……」

久蔵は褒めた。

「御配慮のお陰で妻弓絵の恨みを晴らし、その矜持《きょうじ》を護ってやれました。此の通り、礼を申します」

菅原は、久蔵に手を突いて頭を下げた。

「うむ……」

久蔵は、菅原を見据えて微笑んだ。

「では……」

菅原は、久蔵に微笑み返した。

次の瞬間、菅原は脇差を抜いて己の腹に突き立てた。

「く、蔵人……」

左馬之助は眼を瞠った。

和馬、幸吉、由松、勇次、新八、清吉、雲海坊は驚き、立ち竦んだ。

菅原は、脇差で己の腹を切った。

亡き妻弓絵の位牌が懐から落ちた。

「ゆ、弓絵……」

菅原は、弓絵の位牌を見詰めた。

久蔵は見守った。

「さ、左馬之助、最後の迷惑……」

菅原は、苦しく顔を歪め、左馬之助に縋る眼を向けた。

「速水、介錯を……」

久蔵は、菅原の気持ちを読み、左馬之助を促した。

「は、はい……」

左馬之助は、刀を抜き放った。

「す、済まぬ……」

菅原は、弓絵の位牌を握り締めて微笑んだ。

「さらば、蔵人……」

刹那、左馬之助が刀を斬り下げた。

閃光《せんこう》が走った。

菅原は弓絵の位牌を握り、首を斬られて前のめりにゆっくりと斃れた。

静けさが訪れ、菅原の死体の傍に座り込んだ左馬之助の荒い息の音だけが響いた。

和馬、幸吉、由松、勇次、新八、清吉、雲海坊は見守った。

左馬之助は、友である菅原蔵人の介錯をしたのだ。

「速水、菅原は死罪の裁きを受けるより、己で腹を切るのを選んだ。そいつを覚悟の上で此処に来たのだ……」

久蔵は、菅原蔵人の動きを読んだ。

「秋山さま……」

「おぬしに介錯をして貰うつもりでな」

「蔵人……」

「見事な介錯だった。菅原蔵人を手厚く葬ってやるが良い」

「はい……」

左馬之助は、久蔵に深々と頭を下げた。

「和馬、柳橋の。御家人菅原蔵人は偽坊主の良沢と無頼浪人の横塚源蔵を斬り棄て、潔く腹を切って責を取った。良いな……」

久蔵は告げた。

「心得ました」

和馬と幸吉は頷いた。

「ならば、後を頼む……」

久蔵は、荒れた広蓮寺の境内から立ち去って行った。

本所柳島村の田畑の緑は、日差しを浴びていた。

久蔵は、田畑の中の田舎道を進んだ。

風が吹き抜け、田畑の緑は揺れて煌めいた。

久蔵は、眩し気に眼を細め、塗笠を目深に被り直した。

本所柳島村は長閑だった。

本書の無断複写は著作権法上での例外を除き禁じられています。
また、私的使用以外のいかなる電子的複製行為も一切認められ
ておりません。

文春文庫

介《かい》錯《しやく》人《にん》
新《しん》・秋山《あきやま》久蔵《きゅうぞう》御用《ごよう》控《ひかえ》（十五）

定価はカバーに
表示してあります

2022年12月10日　第1刷

著　者　藤《ふじ》井《い》邦《くに》夫《お》
発行者　大沼貴之
発行所　株式会社　文藝春秋

東京都千代田区紀尾井町 3-23　〒102-8008
TEL　03・3265・1211㈹
文藝春秋ホームページ　http://www.bunshun.co.jp
落丁、乱丁本は、お手数ですが小社製作部宛お送り下さい。送料小社負担でお取替致します。

印刷製本・大日本印刷
Printed in Japan
ISBN978-4-16-791972-6